夜不語
詭秘檔案

夜不語

詭秘檔案

夜不語
詭秘檔案

夜不語

詭秘檔案

夜不語

詭秘檔案106

Dark Fantasy File

風水 上

夜不語 著 Kanariya

CONTENTS

自序

天氣炎熱了，每次打開新聞，都是哪裡哪裡又洪水了。手機上的推播影片中，更像是末日快要來臨般的恐怖洪水景象。

前段時間，四川發生大規模土石流，一整個村子都淹沒在厚厚的泥石流下。不知道能救出多少人。

也是前段時間，我自己也出了些小狀況。自己帶著一家人搬新家了，跑到宜家去為新家佈置了些新的家具。萬惡的宜家運費加安裝費太貴了，我大手一揮，自己將家具搬回來，花了三天時間安裝好。

第四天一早起來，整個身體鑽心的痛。特別是背，彷彿一萬根針扎似的痛苦不堪。越躺越痛，忍受著災難般的疼痛，我花了足足半個小時才從床上坐起來。

於是爬著去醫院檢查，診斷是腰筋勞損。掐指一算，都已經過去一個多月了，背上的筋還沒好。坐太久就痛，所以也不敢久坐。工作，也再一次陷入了泥沼中。

咳咳，我真不是為自己在趕稿的事情上拖拉找藉口。畢竟我可以厚顏無恥地說，拖稿已經被寫進了我的基因裡，寫稿慢吞吞的速度也已經上升到了無下限的程度。

總的來說，我是個能享受小確幸的人。

只要手上還有些微小的幸福，緊緊地拽在指縫間，就有些不思進取。什麼時候趕稿的進度上來了，大概就是我的腦子開竅了；又或者，是自己覺得沒那麼小確幸了。

成都的氣溫最近大半個月都爬上了三十六度的高溫。這兩天強降雨後，溫度沒降下來，濕度上來了。無論身處哪個地方，都有種蒸桑拿的錯覺。渾身濕答答的，難受得很。

我由於背痛的原因，這段時間乖乖地待在成都這個桑拿城市中，每天早晨七點起床。穿衣洗漱、吃早飯喝早茶。之後在樓下的公園那拿本書悠閒地看看。活得像是個老人家。

今年事情忙得差不多了。閒暇就多了。唯有趕稿這件事還在進度表上，也僅僅在進度表上，進度老是慢得讓我發慌。本來還跟許多書友承諾，今年儘量把《夜不語詭秘檔案》系列第八部寫完。

我希望，今年能實現，跟大家的承諾。明年將《夜不語》系列，推入到第九部。七月了，再過不久，《夜不語詭秘檔案 804》就將上市，請大家繼續支持。

謝謝。

夜不語

所謂風水，又稱「堪輿」。

「堪」原意為地突，亦即是指地的高處，以之代表地形；而「輿」是古人對車的稱呼，又有地之負載萬物如大輿之意，故「輿」是假借以代表地物。

因此，「堪輿」就是研究地形、地物的一門學問。

而現在人們口中的「風水」，儼然已經變成了一種文化象徵。

不過看完這個故事，或許你會對風水這種玩意兒，有另外一番不同的認識……

嘿，有些東西，真的是由不得你不信的。

楔子

「臉呢？我的臉呢？為什麼鏡子裡我什麼都看不見？」

夜了，喧鬧了一整天的老宅安靜下來。

西廂的一間臥室裡，門窗緊閉著，昏暗的光芒搖爍不定的從一根蠟燭裡散發出來，光芒很冷，冷得讓人發抖。

一個年輕的女人正就著這黯淡陰冷的光線，坐在一面大鏡子前，她惶恐地拚命抓著自己的臉，一邊大叫，一邊驚惶失措地望著鏡子裡邊的自己。

鏡子裡的她十分漂亮，鮮紅色的旗袍合身地包裹著胴體，凹凸有致的豐滿身材，隨著她的動作柔軟而又誘人地扭曲著，只是她的臉上帶著不合時宜的恐懼，那種從骨髓裡透露出來的恐懼，似乎在她絕麗的臉龐上凝聚到了最高點。

「我的臉呢？脖子！脖子也不見了！」

那女人的聲音更高了，原本清脆悅耳的聲音裡，開始夾雜著絕望。

她對著鏡子不斷撫摸著自己的臉和脖子，卻絲毫沒有注意，整間屋子已經變成了詭異的血紅色。

蠟燭依然在燃燒著，而光芒也依舊昏暗，但似乎有什麼東西在整間屋子裡散發開來。

那東西帶著一股冰冷陰寒的觸覺，彌漫在這偌大的空間裡，悄悄的、無聲的，將這棟古老的宅子籠罩了起來。

原本散發著令人厭惡的橘黃顏色的蠟燭，無風自動，火焰微微一搖動，光芒居然亮了起來，但顏色卻突然變了，變得一片血紅。

而且那種詭異無比的血紅色還在不斷地變深，越來越深，甚至那女人身上的旗袍，也映得越發紅起來……

女人像是感覺到了什麼，她猛地全身一顫，緩緩轉頭向後望去。還來不及張開檀口發出驚叫，她的頭已經連著脖子從身體上飛了出去。

血，染紅了整間房間。

那女人在世間看到的最後一個景色，居然是紅。

血色的紅。

第一章 跳樓

「不要過來，再過來我就跳下去了！」

「我看到她的樣子了，她死了，死了……」

「你們好狠！騙我！所有人都騙我！她已經死了，我活下去還有什麼意思！」

才下了長途客運，走沒多久，就聽見頭頂鬧哄哄的，徐露抬起頭剛想要向上望去，就聽到「唰」的一聲，有個黑影從上邊飛快地掉了下來。

那東西狠狠地摔在地上，發出「啪」的一聲悶響。

徐露呆站在原地，混亂的大腦一時無法理解，究竟發生了什麼事情，她遲鈍地舉起雙手，眼神呆滯地望著自己滿身的血跡。

就這樣不知道呆了多久，終於一聲足以刺破耳膜的尖叫，從她纖秀的嘴裡迸出。

這一幕發生的原因，要追溯回兩天前……

□

許多人都說過，「得到了就要珍惜，不要奢求太多」，但似乎又有更多的人說過，

「沒有欲望的人生，是絕對不完整的」。

其實誰對誰錯並不太重要，生活就如同一條素描紙上的曲線，你永遠不要奢望，可以像直線或者兩根平行線一樣中規中矩。

腦子裡產生這份感悟的時候，我正百無聊賴地坐在「Red Mud」裡，一邊喝咖啡，一邊和沈科、徐露這兩個同樣無聊的人打「鬥地主」。

「小夜！」沈科大叫一聲，用哀怨得可以殺人的眼神，死死盯著我，「明明小露才是地主，你跟我抬什麼槓！」

「抱歉，我一時忘了。」我滿臉訕笑地將手裡的牌丟出去，說道：「好不容易才熬到暑假，怎麼感覺越玩越無聊了？」

徐露深有同感地嘆了口氣。

我抬起頭，滿臉希冀地望著他倆，說：「兩位帥哥美女有沒有什麼好的建議？再這樣待下去，我們不是在家裡悶死，也會被無聊的氣焰壓碎。」

沈科突地眼睛一亮，嘴角露出一絲若有所思的竊笑，說：「不如到我的老家去度假好了。」

那傢伙壓根當我不存在似的，不斷用眼角瞟著小露，見她沒有作聲，立刻又煽情地說：「雖然遠了一點，但那裡有山有水，什麼瀑布啊、索橋啊，一應俱全，絕對比某些風景名勝區更帶勁兒！」

「真的？」徐露眨巴著大眼睛，看來是有些心動了。

「絕對是真的！」

見自己的說辭有戲，沈科那傢伙更來勁了，嘴角不斷翻動著，滔滔不絕地介紹他老家的好處，說得就像教科書裡的那些世界文化遺產之類的風景觀光地，都根本不配和他口中的老家稍微拿來比較，不但噴得我一臉口水，更把徐露唬得一愣一愣的。

「好，就決定去你們那裡。」我惱怒地拿紙巾用力抹著臉上的口水，狠狠在桌子上敲了一下。

沈科被嚇了一大跳，滿臉詫異地望著我，古怪的眼神，似乎像是在向我訴說著什麼很深的怨恨，彷彿我根本就是多餘的萬度大燈泡一樣。

我衝他嘿嘿地笑了起來，還沒等他在我的視線裡凍成冰雕，已經一把將他拖進了廁所裡。

然後，在我溫柔以及不太溫柔的拳頭慰問下，兩天後，我們三人搭上了去古雲鎮的長途客運。

俗話說好事多磨，沒想到還沒來得及讚歎這裡清新的空氣，卻飛來橫禍，上演了開頭的一幕。

徐露的尖叫足足持續了兩分鐘，我被她發出的音波震得頭暈腦脹，好一會兒才清醒過來，我舔了舔略微乾澀的嘴唇，飛快走到跳樓者跟前檢查起來。

那是個男人，一個似乎並不年輕的男人，穿著洗到已經發白的中山服。

只見他以一種極為古怪的姿勢躺在地上，四肢給人一種軟綿綿的感覺，不用接觸也可以發現，裡邊的骨頭已經斷裂，大量的血濺了一地，根本就像是血包爆開了一般，兩三公尺之外的地方也被染得一片鮮紅，那人頭部的位置更是白花花的一片，那是，腦漿……

我強忍著想要嘔吐的衝動，緩緩轉過頭沉聲道：「他死了。」

徐露苦著臉，一副想要哭出來的樣子。

我立刻拍了拍沈科的肩膀道：「你帶小露找地方洗個澡，再把衣服換了，我在這裡等你們。」

還被眼前的狀況嚇得發愣的沈科，立刻醒悟過來，他點點頭，也沒有多說什麼，拉了徐露，朝附近的旅店跑去。

我輕輕吸了口氣，抬頭向上望去，那男人是從七樓上跳下來的，大概是頭先著地。只是有一點很奇怪，為什麼出血量那麼大？

一般跳樓身亡的人，最多不過七竅流血罷了，就算是頭爆開，血也不可能會流到眼前的這種程度。

不知誰打了報警電話，不一會兒，鎮上的員警蜂擁趕至。

原本這裡就只有巴掌大，鎮上的人低頭不見抬頭見，所以長年連小偷都逮不到一個，警局一聽到出了命案，還不激動得將所有人都派了出來。

那些年紀稍輕的員警聽周圍的說是自殺，雖然心情略微被打擊了一下，但還是個個精神奕奕，滿臉興奮的樣子。

開玩笑，是自殺耶！而且還死了人！

這可是古雲鎮十多年來最大的案子。

警局局長親自拿著筆和紙幫我做筆錄，我滿臉不悅地將剛才看見的事說了一遍，然後順帶將出血量異常的事情告訴他。

那局長的精神頓時興奮起來，問道：「你是說這個自殺案有疑點？」

我點點頭，指著那個死者說：「稍微有點常識的人都看得出來，他的血實在噴得太多了！」

局長心不在焉地用鼻腔放出幾個「嗯」聲，一揮手，吩咐下邊的人，將屍體抬上了警車。

「非常感謝你的熱心幫助。」他用力搓了搓手，一邊看著我，一邊用高昂的聲調說道：「不過這位小兄弟，你看起來很眼生，不是本地人吧？」

「嗯，我是來這裡旅遊的。」

「原來是遊客！」局長熱情地將我的手握住，「我叫沈玉峰，叫我老沈就可以了。古雲鎮可是好地方，山明水秀，可惜就是沒什麼外人來，您回去後，可要幫我們多多宣傳一點。」

「一定，一定！」我頓時苦了臉。有沒有搞錯，怎麼感覺這局長的性格，似乎很像某個討厭的傢伙。

「小夜，我們好了！」

說曹操，曹操就到，沈科拉著徐露的手遠遠向我喊道。

那局長一聽到沈科的聲音，立刻轉過頭瞇著眼睛望過去，然後又露出了不符合年齡的燦爛笑容。

「哈哈，這不是我那可愛的侄子嗎？原來你是小科的朋友啊。」

果然如此！我用右手捶了捶左手掌，做出一個恍然大悟的神色，也只有跟沈科有血緣關係的人，才會有他那種白癡性格。

突然想到了什麼，臉上的苦笑頓時變得更加苦澀，我臉色煞白，幾乎想要抱著頭大叫，紓解自己十分混亂的情緒。天哪，一個沈科已經夠了，如果變成一堆沈科，那我還不瘋掉？

腦海猛地閃過了一個畫面，我坐在一個偌大的客廳裡，而身旁圍著的都是沈科，他們三五成群，互相唧唧喳喳的說個不停，而我就像個白癡似的發呆，大腦不知已經神遊到了哪個星球上……

汗顏呀！太可怕了……

我不由得打了個冷顫，心裡暗自盤算，是不是應該趁現在腦袋還算正常的時候，打道回府算了。

沈科在旁邊用力拉了我一下，說道：「小夜，你還在發什麼呆啊！快上車，我叔叔要送我們去本家。」

我迷迷糊糊地跟他們上了車，等車開動了，這才反應過來。

我絕望地打著車窗玻璃，心裡在流淚、在嘆息……

唉，看來又有劫難要開始了！

□

一路無語。

警車在顛簸的山路上行駛了一個半小時，終於停在了山腰的一片空地上。

「到了。」沈科的叔叔沈玉峰跳下車，懷念地四處打量著，說：「有五年多沒回本家，沒想到這裡還是老樣子。」

「這裡就是你家？」

我掃視四周，用懷疑的語氣問身旁的沈科。

只見附近僅有一片兩百多平方公尺的空地，再過去就是高大的樹林，寬闊的視線裡，看不到任何房舍。

「跟著我走。」沈科神秘地衝我們眨眨眼睛，逕自向前方的樹林走去。

剛走到空地的盡頭，眼前突地豁然開朗，一條用褐色燒磚鋪成的寬敞道路，猛然躍進眼睛裡，順著路繼續向前方望去，大概五十公尺的遠處，聳立著一棟氣勢磅礴的大宅。

大宅依山而建，看起來似乎已有很大的年歲了，原本金碧輝煌的琉璃瓦，早已變得十分黯淡，但是卻不會讓人覺得蕭條，整棟宅子反而因長久的歲月，呈現出一種極有韻味的和諧。

就像樹葉原本就是樹林的一分子那樣，老宅完全融入高聳的古雲山浩瀚深幽的氣勢裡，彷彿它原本就是古雲山的一部分，不曾分開，也絕對不能分開。

高大的院牆順著山勢，就像伸著懶腰的嬰兒雙手一般，遠遠地向古雲山上延伸，一直伸進霧氣蒸騰的雲裡。

沈科得意地看著被眼前景色震撼得如同白癡的我。

不知過了多久，我才深深吸了口氣。

「我的媽，這也太大了吧！」

依依不捨地將視線收回來，看看右邊的徐露，只見她眼神呆滯，瞠目結舌，依然死死盯著眼前的大宅看，秀麗的臉上全是驚耳駭目，哪裡還有從前那種淑女形象。

「沒想到，你這傢伙居然是大富之家出身。」我乾咳了幾下，用沙啞的聲音說道。

不過越想越氣，接著，我狠狠地在沈科滿是肥肉的屁股上踢了一腳。

「靠，你小子還一天到晚在我們面前裝窮，守財奴！」

徐露回過神，聽見我的話，也是大為不滿地瞪了他一眼。

沈科那傢伙滿臉得意之情，頓時化為滿腔委屈，那變化之迅速，足以令人感歎造物主的鬼斧神工。

他哭喪著臉解釋，「我家在本家可是一分錢都沒拿到……」

原本靜靜站在一旁的沈玉峰，這時也忍不住逗趣起來，說道：「別聽那渾小子說胡話，這一代沈家人丁單薄，小科算得上是長孫了。再過十幾年，等老祖宗上天以後，整個沈家就是他作主了。」

聽著我嘿嘿地怪笑著，摩著拳頭向他走過去，沈科害怕地大叫起來，「叔叔，你這個混蛋王八蛋，小心我到老祖宗面前告你的狀。」

沈玉峰的臉色頓時陰沉起來，他鼓著眼睛望向自己的侄子，一揚脖子道：「我從小就沒怕過那個老不死。哼，當年他把我趕出門的時候，根本就沒有顧念過舊情，我還用怕他什麼！」

「叔叔……」

沈科意識到自己碰觸了叔叔的禁忌，臉上少有地閃過一絲愧色。

「哈哈，過去的事，算了，不提了。」沈玉峰又露出滿臉燦爛笑容，衝我們一招手，提步向前走去，說：「不要讓客人等太久，我們先進去吧。」

「看來家家都有本難念的經啊。」

我和徐露對視一眼，低聲嘀咕起來。

徐露無奈聳了聳肩，好奇地問我：「我倒是很好奇，整個沈家到底有多大？」

「我怎麼可能知道，估計至少也有好幾百畝吧。」我隨口說。

「錯了！哪有那麼少。」沈科湊過頭來接嘴道：「沈家大宅一共占地一千三百三十三畝，全盛時期超過三百戶，將近四千人住在這裡，不過現在只剩下不到一百人了。」

「天哪，一千三百三十三畝……那根本就是天文數字！」我和徐露異口同聲地驚叫起來。

我的大腦更是飛速運轉，迅速將這個資料變為經濟資訊。

「以前的一畝地就是六百平方公尺，一千三百三十三畝，少說也有七十九萬九千八百平方公尺，按照附近最低的收購價，每平方公尺一千七百五十元，那麼你們家至少價值十三億九千九百六十五萬。

「按照你家的平均人口計算，每個人可以分到接近一點四億的鉅款！沈科，你小子居然是億萬富翁！」

沈科撇了撇嘴道：「沈家還沒有窮困潦倒到要靠賣房子生活，就算到了這種地步，誰敢提出賣房子，老祖宗絕對第一個收拾他！」

談話間，我們穿過大門，走進了這個歷史悠久的龐大宅子裡。

走沒幾步，我又不禁大聲讚歎起來。

宅子裡的一草一木似乎都經過精心設計，不論是花壇的位置，上邊盛開的紫色不知名小花，還是花壇旁的高大樺樹，所有的一切，都給人一種賞心悅目的感覺，自己的身心也融入了這個和諧的小天地裡，再也分不出彼此。

而前園正中央的那隻銅烙的大獅子，張牙舞爪地矗立當前，更讓人不由得精神一振。

不過，奇怪的是，那隻獅子，並不像往常看到的那些石獅子或銅獅子一樣，昂首挺胸地望著前方，而是用那雙炯炯有神的眼睛，帶著警戒的眼神，直直地回過頭望向山頂的位置。

我不禁大為好奇，指著那獅子問沈科，「這獅子的樣子，有什麼寓意嗎？」

「我不知道。」沈科皺著眉頭看了獅子一眼，「聽老祖宗說，這獅子在他出生之前很早就有了。

「據說，我們沈家大宅裡，神態不一的獅子共有四十九隻，不過每一隻都有個共同的特點，就是全都用十分戒備的眼神望著山頂的方向，但是沒人知道為什麼。」

「可是你不覺得很奇怪嗎？」

我遲疑了一下，說道：「獅子向前，表示財源廣進，源遠流長，代表著富足和順利，我從來沒有看過，甚至沒聽過擺放在前園的獅子竟然往後望的！而且那副表情還那麼古怪。」

「小夜，不是我說你，你是不是怪異的東西遇太多了，搞得現在只要一不符合你所謂的常識，你就會疑神疑鬼地認為有問題。」沈科大聲嘲笑我，還不忘向身旁的徐露眨眨眼睛。

徐露那小妮子，立刻附和地大點其頭。

哼，還真是沒主見！

我略微惱怒地哼了一聲，一邊走，眼神一邊不斷向四周打量。

又向裡走了幾個院落，雖然每個院落的景色都大相徑庭，但是院子正中央，幾乎都有隻比人高的銅獅子。

而且，那些形態各異的獅子，果然無一例外的，都用形態十分逼真的威嚇眼神望著山頂，那種齜牙咧嘴、略帶詭異的神色，令我的好奇心大熾。

「現在沈家還有多少戶人家？」我沒話找話的順口問。

沈科低頭想了想，回答，「大概還有二十幾戶，全都集中住在靠近大門的幾個院子裡。」

「那後面的院子就這麼荒廢著沒住人？」徐露十分驚訝。

沈科笑著點頭，「沈宅後邊的三十多個院子因為荒廢太久，所以全都封了起來，幾乎有一百多年沒人進去過了。」

「太浪費了，這麼大的地方！」徐露一臉惋惜地說。

我嘿嘿地笑起來，用曖昧的眼神看著她說道：「其實要解決這個問題非常簡單，小露妳嫁給沈科那小子，然後每年生一個孩子，生到四十歲再收手，那麼少說也能幫沈家增加二十幾個新丁。哈哈，要不要考慮一下，沈科可是千萬富翁哦！」

只見沈科眼睛一亮，臉上頓時浮現出呆愣愣的傻笑。

徐露也笑了起來，她開心地露出自己潔白健康的牙齒，然後一口咬在我的手臂上，看著我痛得幾乎要跳起來的樣子，這小妮子才心滿意足地舔了舔嘴唇。

「哼哼，小夜。」她氣沖沖地說：「本美女不發威，絕對不代表我溫柔，現在先要你點利息，下次再敢亂說，我就連本金一起拿回來！」

我苦著臉用力地揉手臂，抬頭正好看到沈科一臉的賊笑，於是氣不打一處來的我，立刻找到了出氣筒，右腳一彈，腳尖正好和他彈性十足的肥屁股，再次做了「溫柔的」親密接觸。

那小子立刻以臉朝黃土、屁股高高撅起的姿勢倒在了地上，那副狼狽的樣子，直看得我們指著他一個勁兒的狂笑。

就在這時，一陣吵鬧聲從右邊的院子傳來，沈玉峰皺了皺眉頭，示意我們一起過去看看。

剛走進去，我們頓時被眼前那個怪異景色唬得停住腳步，呆呆愣在了原地。

第二章 水池

我曾經歷過許許多多怪異莫名的事情，也曾見識過許許多多詭異的事情，但卻還是看呆了。

眼前的景色說不上詭異，但卻絕對怪異，因為偌大的院子裡密密麻麻地擺滿了魚，大概有三百多條，有些已經開始腐爛，發出陣陣惡臭。

我低頭看了一眼，臉色變得難看起來。

「是觀賞用的錦鯉。」腳下正好有一條剛死掉的魚，我順手將牠拿在手裡，仔細地打量著。

「是一般的紅衣錦鯉。」沈科也清醒了過來，湊過頭看了一眼判斷道。

我搖了搖頭，指著泛著慘紅色的魚身上那些黯淡的純黑色斑紋道：「這條魚身上有紅黑兩種顯眼的斑紋，應該是墨衣錦鯉。」

「喂！現在不是你們賣弄學識的時候，最重要的是，搞清楚究竟發生了什麼事！」徐露極為不滿地嚷嚷道。

突然，她在地上看到了什麼，眼球幾乎都激動得凸了出來，叫道：「這！這不是黃金錦鯉嗎？」

她猛地從地上捧起一條呈純黃金色、魚鱗排列得十分整齊的錦鯉，激動地大叫道：「這絕對就是傳說中，一條的價值足以買一棟房子的黃金錦鯉！我在電視裡看過，天哪！怎麼這棟房子就這麼死翹翹了？」

只聽「撲通」一聲，我們差點被她嚇倒在地。

我簡單地檢查了一下，「沒錯，確實是山吹黃金錦鯉，雖然不是很純，但這一條至少也值好幾萬。」

這條在水裡曾經亮晶晶、發出黃金般光芒的錦鯉之王，現在顏色黯淡的靜靜躺在徐露纖細的雙掌之上，不下六公斤的身體早已變得僵硬，灰白的眼珠凹進了眼眶裡，一副死不瞑目的樣子。

「沈家到底發生了什麼事？」

我努力忽略徐露在自己耳畔不斷發出的心痛的咕噥和嘆息聲，慢慢掃視整個院落。放在院子中央的錦鯉不下三百條，品種雖然各不相同，但都有個共同點：每條死魚的眼珠都凹了進去，就像是什麼東西用力按進去的，而且牠們身上也沒有任何明顯的傷痕，更沒有被毒死的跡象。

往前走了幾步，突然我全身打了個冷顫，一股陰寒冒上了脊背，我猛地向後望去，什麼也沒有……

徐露依然不停地碎碎唸著，沈科和他的叔叔沈玉峰相互談論著什麼，然後同時露出一臉茫然，看來是對現在的狀況沒有一點頭緒。

沒什麼大不了的景象，但為什麼總感覺有什麼不對勁兒？我遲疑地又向那些死魚望去，這一看，嚇得我臉色頓時煞白！

我粗魯地將那條山吹黃金錦鯉從徐露手上搶了過來，然後仔細望著牠凹陷眼睛的部分。

果然，牠那原本凹進去的死魚眼，不知什麼時候凸了出來，嘴角也微微咧開，透露出一絲淡淡的、卻會讓人感覺陰冷無比的詭異。

到底是怎麼回事？

我的眼睛絕對沒有看錯，這個院子裡的三百多條死魚，牠們的眼睛在同一時間，不知道因為什麼理由，從原本凹進去變成凸了出來。

「小夜，你怎麼了？」

徐露看我的臉色不太好，關心地拉了拉我衣服。

我回過神，用力搖搖頭後，衝她露出燦爛的笑，「沒什麼，突然想起了一件事情而已。妳看，我學沈叔叔的笑學得怎麼樣？」

「真的要我說出來嗎？」她噗哧一聲地笑了出來，用力拉住我的臉皮，大聲說道：「一個字，爛！我覺得哭喪著臉這種類似的表情，還比較適合你。呵呵，看，就是現在這樣。」

「不要用拿過死魚的臭手碰我！」我抗議道。

徐露絲毫不理會地把我的臉皮死命往下拉，然後像找到寶貝似地叫沈科過來，揚起頭，一臉神氣的樣子道：「你看，本美女的化妝術怎麼樣？」

「絕了！我看世界上最貴的哈巴狗品種，也不過如此！」

原本還想裝出一副正經模樣的沈科，實在忍不住了，他狂笑地跪倒地上，還用拳頭不斷捶著地。

靠！什麼玩意兒嘛，有那麼難看嗎？

我撥開徐露的手，然後狠狠一腳踢在沈科的屁股上，這才揉起發痛的臉。

經過他們這一鬧，原本透著絲絲詭異的院落早已回復正常，我甚至開始懷疑，剛才看到的一幕，是不是僅僅只是一場白日夢。

但是那些魚明明鼓著眼睛被人隨意扔在地上，眼珠凸出的程度，幾乎要迸出眼眶，這種狀況又該怎麼解釋呢？

我深深吸了口略帶著腐臭和魚腥的空氣，決定將這個疑惑忘個一乾二淨，自己一行是出來找開心的，何必要追根究柢呢！

或許剛剛的那一幕，真是自己的幻覺吧……

□

又往右走了一個院落，我們一行人終於找到了吵鬧聲的來源。

只見幾十個人將一個壯碩的男人圍在中間，不斷叫罵，而那個穿著時髦衣服的男人，正焦頭爛額地在解釋什麼。

「是六伯。」沈科衝我們說道。

我望了那群人一眼，說：「看來你家裡似乎有什麼內部衝突。」

「人就是這樣，不是有個哲學家說，就算世界上還剩下兩個人，他們還是會不斷爭鬥嗎？」

沈科一邊苦笑，一邊用詢問的目光望向他的叔叔。

沈玉峰擺擺手，說道：「我已經好幾年沒有回過本家了，最近發生了些什麼，我完全不知道！」

我心不在焉地掃視四周，突然，大腦莫名其妙地產生出一種古怪的感覺，這個院子，似乎和別的院子有什麼不太一樣。

我又掃視了一遍，最後視線落在院落的正中央。

和其他院子不同的是，這個院落的中央位置並沒有銅獅子，取而代之的是，一個直徑五公尺、高超過兩公尺的旋轉噴水池。

看得出來，這池子是不久前剛修好的，清澈的池水蕩漾著夏意，而最頂端的噴口，還在朝天空不斷地噴射一道道美麗，且略微放射著太陽光的白色水線。

只是這座噴泉雖美，但和四周的景物卻產生了一種極度不協調的感覺，這個院落處處都透露著一種壓抑，似乎有什麼東西正排斥著這座格格不入的噴泉。

「沈科，你總算捨得回來啦！」

就在我發愣的時候，一個好聽的清亮聲音傳入了耳朵裡。有個十七八歲的女孩一邊叫著，一邊向我們跑過來。

「妳是？」

面對這個全身都散發出青春活力的美貌女孩，沈科也愣住了，過了好一會兒，才搞清楚那女孩確實叫的是自己的名字。

「沈雪啊！我是沈雪。」那女孩指著自己嚷道。

「妳是六伯的女兒，那個鼻涕鬼？」

沈科原本就透露著白癡的臉，明顯變得更白癡了，他難以置信地盯著那女孩，大聲叫起來。

「你才是鼻涕鬼呢！」沈雪用嗔怒的聲音抗議道，又用帶著強烈殺傷性的目光，瞪了在一旁竊笑不止的我一眼，沒有好氣地問：「他們倆是誰？」

「我朋友，一起回來度假的。」沈科指著那群依然吵鬧不休的人問：「家裡究竟發生了什麼事？」

「我也不太清楚，你要去看老祖宗吧？我們一起走。」沈雪避而不談地繞開話題，接著拉住沈科的手就向外走。

徐露全身微微一顫，沉著臉跟了上去。

我走了一陣子，才發現沈玉峰沒有跟上來。

走在前邊的沈雪回頭看了我一眼，突然像是發現了什麼有趣的事情，她放開沈科的手，偷偷地靠向我，小聲問：「你女朋友似乎不太高興，你哪裡得罪她了嗎？」她用手指了指徐露。

「她不是我女朋友。」我暗自好笑。

沈雪有些驚訝，「那她不高興些什麼？」

「妳知不知道為什麼男人追女人像隔了一座山，而女人追男人像隔了一層紙，但往往男人都能追到自己想追的女人，而女人卻經常追不到想追的男人？」我淡淡問。

沈雪不知所以地搖搖頭。

「因為男人不怕翻山越嶺，但女人卻怕弄痛手指頭而不願意捅破這張紙，可不巧的是，徐露是個十分女人的女人，而喜歡她、她又喜歡的男孩，偏偏又是那種不像男人的男人，所以翻山越嶺和捅破那張薄紙，對他們而言，都顯得極為困難。」

「你是說……沈科才是她的男朋友？」沈雪詫異地問。

「恐怕他們到現在都還沒有確定男女朋友關係吧……」我突然覺得，有這兩個好朋友，是件十分丟臉的事。

身旁的沈雪露出神秘的笑意，她越笑越奸詐，最後不由得哈哈笑出了聲音。

「看來最近會有好戲看了！」

在前邊兩人奇怪的目光中，我聽見那個可能有些神經質的女孩，帶著興奮的語氣，低聲咕噥了這麼一句。

□

在這個院落組成的龐大迷宮裡，穿行了十幾分鐘，總算到了一座有著深灰色院牆的院子前。

沈科說了一聲「到了」，然後領著我們一行人走進去。

這個地方和其他院落一樣，都是中規中矩的四合院建築，只是其他院落裡都裝飾著精美的琉璃瓦，這裡卻沒有任何修飾。

灰泥磚鑲砌而成的牆，赤裸裸地露在外邊，給人一種強烈的壓抑感，院子的正中央也有一座銅獅子，而且是我來這裡後見到最大的。

獅子龐大的身軀超過六公尺，高也有近四公尺，但是卻沒有望著古雲山頂，而是張牙舞爪地死死盯著地面，彷彿那裡有個讓它隨時要搏命的東西。

「你不是說所有的獅子都望著山頂嗎？為什麼這個獅子卻望著地上？」我好奇地

指著那個銅獅子問沈科。

沈科想了想，臉色詫異地說道：「記得我前些年走的時候，這裡的獅子還望著山頂的。」

「對，我可以作證！去年我回來的時候，這獅子都還古怪地看著山頂，老祖宗什麼時候換掉的？」

沈雪也覺得十分奇怪。

「換掉？不可能吧！」我不動聲色地走到銅獅子下，指著石座說：「我早就發現，這裡所有的獅子都是嵌在石座上的，而石座又埋進土裡不知多深。

「而且你們看，石座上的苔蘚和附近的花草，也不是一朝一夕長成的，貿然換掉這麼大一個東西，人力物力要花多少我不敢說，但附近的花花草草必然會受到影響，但是這裡絲毫就沒有一年內破土、動過工的痕跡。」

「你的意思是……銅獅子自己望向地上的？太荒謬了！」沈雪完全不能接受我的說辭。

而沈科和徐露也同樣搖頭，明顯不信。

沈科更說道：「小夜，雖然你說的確實是有那麼一丁點道理，但是我更相信物理理論。你翻翻書，有哪個公式可以解釋，銅獅子會在某種情況下，突然從抬頭向後望的姿勢，變作低頭瞪目的模樣？」

「我也只是猜猜而已。」

我略微尷尬地撓撓腦袋。

雖然覺得這件事很奇怪，但是又沒有任何證據可以證明自己是對的，甚至連證明那是不是人為的都做不到。

我還不變啞巴，那不是明顯討打嗎？

就在這時，一個蒼老沙啞的聲音，突然從對面冒出來為我解了圍。

「那個小朋友說得沒錯，這裡的銅獅子從來沒有換過。它確實是在五天前的晚上，突然望向地上的！」

第三章 重重疑惑

馬克．吐溫曾意味深長地說了這麼一句話，「具有新想法的人，在其想法實現之前，都是個怪人。」

他還說：「一種讓人不能接受的想法是相對的，當然，這種相對要看是誰將這個想法陳述出來。」

我的那番話不但沒人信，還讓人以為我異想天開，但沈科的老祖宗那句比我的猜測更石破天驚的話，卻讓沈科、沈雪，和徐露那三個蛇鼠一窩的傢伙，連連點頭。

他們所表現出來的那種信服程度，即便是老祖宗說那銅獅子會跳舞，他們應該也會認為是理所當然的事。

我心裡極度不平衡地坐在桌子一側，聽沈科和沈雪在老祖宗面前撒嬌、話家常，亂哈拉。

雖然我很想詢問關於那口銅獅子的事，也很好奇沈家最近出了什麼事，但又不太好意思打攪他們閒扯，所以只好心情鬱悶的和徐露在一旁，有一搭沒一搭地說著自己都搞不清楚的話題。

然後，那該死的老祖宗吩咐沈科帶我們去房間休息，直到送我們出門，都沒有再提起那口銅獅子，害得我的心就像被什麼東西不斷撓著似的，癢癢的，就快要發飆了。

我滿臉不爽地跟著沈科走出來，剛巧迎面碰上了沈玉峰，他也是黑著臉，一副心情不好的樣子。

「沈叔叔，找到什麼線索了沒有？」我走到他身旁問。

沈玉峰搖搖頭，苦惱地說：「那些人根本就不顧念舊情，嘴緊得要死，一點線索都不肯透露，什麼玩意兒嘛！」

突然他像想到了什麼，警戒地望著我，然後又露出招牌式的笑容，「小夜，你這麼關心那些死魚啊？」

「這個嘛……因為我這個人一向很有愛心，平常就特別關心那些小動物，所以……」

說著說著，我懶得再和他打太極，乾脆挑明了說：「沈叔叔是回本家調查那個跳樓自殺的男人的事情吧？他和本家有什麼關係嗎？」

沈玉峰臉色一沉，不動聲色地說道：「那件事已經結案了，是自殺，還有什麼好調查的！」

「沈叔叔，你信不信我會讀心術？」見他一再推託，我倒是來了興趣，續道：「我知道你在想什麼……你現在滿腦子都充滿了對那個自殺者的疑惑……為什麼地上會有這麼大量的血？還有，他到底是不是自殺……」

我含糊不清地將自己整理出來的線索，在他毫無心理防備的時候說了出來，頓時唬得他瞪大了眼睛。

「你怎麼知道？」

他的聲音高揚起來，但立刻就無奈地發現自己說溜了嘴。

我陰笑著衝他眨眨眼睛道：「我又不是笨蛋，而且像沈叔叔這麼單純的人，疑惑全都寫到了臉上。不信你照照鏡子，你額頭上，還有斗大的三個字——直腸子。」

沈玉峰不由得伸出手去擦了擦額頭，引得早就在一旁圍觀的沈雪一行人，哈哈大笑起來。

沈科笑得捂住肚子，痛苦地衝自己的叔叔說：「叔啊，你是玩不過那小子的。小夜那傢伙一肚子的花花腸子，就算他的表哥夜峰也常常被他耍得團團亂轉。」

「你是夜不語？」

沈玉峰突然用怪異的眼神盯著我，就猶像亂飛的蒼蠅發現了屎一樣，直看得我全身都在打冷顫。

「我是。」我條件反射地答道，內心浮現出不好的預感。

「該死！早就應該想到是你了。」他激動地握住我的手一個勁兒的搖著，完全不在意我願不願意，激動地說道：「在警校的時候，你表哥常常向我提到你，還說你這傢伙根本就是魔鬼，不知道他上輩子造了什麼孽，居然會有你這種騎到他頭上欺壓他的表弟！

「他還叫我遇到你的時候，千萬要退避三舍，千萬不要和你扯上關係，不然怎麼死的都不知道……

「還有，我早就聽聞過許多關於你的謠言了，那些輝煌的事蹟，可是在各大警局裡廣為流傳！現在我居然有幸見到活生生的真人！真是聞名不如見面，久仰！久仰！」

沈玉峰每說一句，我的臉色就黑一圈。

徐露那群人早就在旁邊笑開了，沈雪更是誇張，絲毫不注重淑女形象地捂住肚子狂笑，就差躺在地上打滾。

哼，這女人果然是和她堂哥一個德行，不可愛！

沈玉峰見我面色不善地瞪著他，不知是不是有意，還非常無辜地說：「我引用的可是你表哥的原話，要算帳找他去。」

「好，有種！這口氣我忍下，以後再慢慢和你們算。」我面無表情地看著沈玉峰，回頭就踢了沈科一腳。

「哎唷！怎麼又踢我，再怎麼說我也是東道主啊！」沈科委屈地摸了摸屁股，小聲嘀咕著。

我沒有理他，沉聲道：「我們進房裡去聊。沈科，帶路。沈叔叔，你可以好好將事情的始末說出來了吧？」

沈玉峰遲疑了一下，接著毅然點頭道：「這件事恐怕需要你幫點小忙，我以前得罪過老祖宗，在沈家已經寸步難行了。」

□

跟著沈科走進一所據說是他家從前住過的院落，分配完房間，我們就圍坐到客廳裡等晚飯，其間，也順便聽沈玉峰講述今早那個自殺者身上發生的怪事。

「送你們到本家後不久，局裡的弟兄打電話給我，說是有發現。」沈玉峰舔舔嘴唇，續道：「剛剛小夜也提到過，那個男人死後出血量異常地大，就像動脈被割斷了一樣，我當時就很懷疑，所以要手下立刻送進市裡驗屍。

「沒想到一查就查出了問題，他的內臟像被無數把利刃割過一樣，被破壞得一塌糊塗，但奇怪的是法醫找不出任何外傷，甚至無法辨認出，究竟是被什麼東西造成的，因為很明顯，跳樓不可能造成這樣的傷害。」

「本家呢？他和本家有什麼關係？」我不滿地問。

他將前因後果倒著說，反而弄得我一頭霧水。

「別急，我會說的。為了讓你搞清楚狀況，我還是先介紹一下那個死者好了。」

沈玉峰擺出一副欠扁的模樣，說：「那男人叫許雄風，四十八歲。

「二十七年前，他愛上了沈家一個叫沈梅的女人，可是沈家怎麼樣都不肯同意這門親事，還在不久後，將沈梅嫁給本家的另一名男子，沈梅誓死不從，最後在自己的閨房裡上吊自殺，而許雄風就在沈梅死掉的同一時間，突然中風，醒來後就瘋瘋癲癲的。

「二十七年來，他除了喃喃叫著沈梅的名字外，就只會傻笑，不過，有時會突然發瘋，甚至張嘴咬人，他父母怕他惹事，就買了條鐵鍊，將他鎖在家裡，後來他父母過世了，鄰居們看他孤苦無依、很可憐的樣子，便代為照顧他。

「但怎麼也沒想到，五天前許雄風突然清醒過來，說話做事都十分清晰有條理，瘋病似乎完全好了，於是照顧他的鄰居就將他放了出來。

「許雄風告訴周圍的人，這二十多年來，自己就像作了一場夢，一場十分甜美的夢。在夢裡，他和沈梅非常快樂地生活在一起，他們生了兩個兒子，等到大兒子六歲的時候，他的父母也來了，只是美中不足的是，他一直都看不清楚沈梅的臉，隨後他不斷追問鄰居沈梅的下落。」

沈玉峰緩緩地看了我們一眼，又道：「他的鄰居聽了很奇怪，因為對照時間，許雄風的父母確實是在他瘋掉的七年後，因為操勞過度雙雙過世，但是好心的鄰居們並沒有告訴他，沈梅早在二十多年前就死掉了，只說她跟她的男人去了城裡，據說生活過得十分幸福。

「許雄風嘆了口氣，連聲說只要她幸福就好，但臉色還是止不住的黯然，似乎更希望永遠沉醉在那個夢裡，永遠不要清醒過來。

「接著他的日子很正常，拜祭父母後，許雄風洗衣做飯，還搶著幫鄰里之間抬東西。所有的人都說那時的他很樂天，渾身充滿了活力，很討人喜歡，甚至有人合計著，要將鎮東邊的張寡婦介紹給他作媳婦。

「但沒想到他這麼想不開，居然跳樓自殺了！」

「有什麼好奇怪的，世界上沒有不透風的牆，應該是許雄風透過某些管道，知道了沈梅的死訊，突然感覺生無可戀，乾脆一了百了。」我撇了撇嘴說道。

「他的死亡調查報告上，我會採用你這番話，不過，在他身上還有些怪事。」沈玉峰皺緊了眉頭，續道：「據住在許雄風旁邊的鄰居說，晚上總會聽到一些奇怪的聲音，好像是女人沉重的喘息聲，又像是幾個人在竊竊私語。

「而且他死亡前說的那一番話，也讓人摸不著頭腦，他衝那些鄰居大聲叫著：『我終於看到她的樣子了！她死了，死了……』

「接著許雄風又說：『她死得好慘！難怪二十多年來，她從來不讓我看清楚她的樣子，原來她是怕嚇著我，她好傻……其實不論她變成什麼，我還是愛她……我要陪她，下去陪她……』

「然後他用力推開拉著他的鄰居，從樓上跳了下去。嘿，小夜，你對這件事有什麼看法？」

沈雪和徐露那兩個膽小鬼，早被嚇得靠在了一起，而我也是聽得一陣惡寒，特別是許雄風臨死時的那番話。

從那段話的字面上解釋，可以判斷他一直都和沈梅的鬼魂待在一起，而且生兒育女、男耕女織，但是他看不清自己所愛的人的樣子，直到他自殺前那晚。

一想到有人和一個張著嘴、滿臉煞白、吊著舌頭的女鬼，生活在一起幾十年，雖然明知道那很有可能只是許雄風的臆想，我還是止不住的頭皮發麻。

不過又是五天前……

剛才沈家老祖宗也提到，他院子裡的銅獅子，是在五天前變成低下頭望著地上的，而許雄風是在五天前清醒過來，還有滿院子的死魚，雖然沒有任何證據，但我還是隱約感覺，這三者之間有一些常人看不到的必然關聯。

為了找出突破口，我將眼神凝聚在這房間裡，唯一一個可能知道些內情的人身上。

「小雪。」我笑嘻嘻地忍著肉麻，叫道：「剛才那群人為什麼罵妳老爸？」

「我為什麼要告訴你？我和你又不熟。」

沈雪瞪了我一眼。

「我剛剛那句話是替沈科問的。沈科那傢伙跟妳夠熟了吧？」我忍氣吞聲、低聲下氣地問。

「我？我根本……哎呀……」

沈科剛要抗議，就被我從桌子下狠狠踢了一腳。

接著我又笑笑地說：「來，快把妳知道的所有事情，都告訴妳家的沈哥哥。嘿嘿，當然，這句話也是我代表妳的沈哥哥說的。」

頓時，大廳裡所有人都打了個冷顫。

沈雪用力摸著滿手臂的雞皮疙瘩，大聲道：「拜託不要說了！肉麻死了，我坦白從寬！」

說到正題，她的臉色微微正經起來，說：「是因為噴水池啦！沈科和叔叔應該知道，我爸年輕時曾去英國留過學，所以他根本就不信沈家的那一套，說是迷信，而且對老祖宗嘴裡一直咕噥著，沈家大宅裡的東西絕對不能動一分一毫，諸如此類的說辭大為不滿，甚至可以算是嗤之以鼻。

「再加上，老爸上個月為沈家房產的事情，和老祖宗吵了一架，老爸之後變得十分惱怒，然後就自作主張的，決定將自己住的那個院子裡的水池，修成一個時髦的噴泉。」

「修那個噴泉的時候，沒有人阻止過嗎？」我有些不太相信。

沈科搖頭晃腦地接著說道：「不可能，雖然我們都是沈家人，但是每個四合院都是個小團體，彼此間很少來往，而且六伯住的地方又靠近大門，只要不那麼明目張膽的話，一般是不會有人在乎你那邊在幹些什麼的。」

沈雪點了點頭，接著說：「就像他說的那樣，五天前那個噴水池修好了，老爸又覺得正中間的銅獅子很礙眼，便要人用車把它拉到鎮上去，當作廢銅賣掉，但就是從五天前起，沈家大宅所有院落裡的錦鯉開始接連死亡，找過專家來檢查水池裡的水質，但也找不到任何問題。

「然後，就有人發現我老爸擅自改動了院子，那些不講理的親戚，全都跑來找我爸鬧。說他破壞了這裡的風水什麼的，還有些人更激動，把水池裡死的魚一股腦扔到了我家的院子裡，你說氣人不氣人？」

她委屈地噘著嘴，似乎很不滿自己那些所謂的親戚不去找魚死掉的原因，反而將氣全都出到了自己家裡。

我腦中靈光一閃，感覺四條線似乎可以連接起來了。

努力整理自己掌握的線索，我在大腦裡擅自做了這樣的連結。

首先，是沈雪家修了噴水池，又搬開正中央的銅獅子。

然後，整個沈家大宅裡的魚開始大量死亡，老祖宗院子裡的銅獅子也在這一天晚上，從向後仰望狀態，變成了低頭向下的姿勢。

同一天，許雄風也從瘋癲了二十七年的病態裡，清醒過來。

這一切的一切，發生的源頭，會不會是因為那個噴水池呢？

我低著腦袋，思忖著。

這時，有個人走了進來，向大家說道：「老祖宗想請各位去吃晚飯。」那人看了沈玉峰一眼，又道：「玉峰也一起來吧。」

我反射性地和他們一起站起身向外走去，低下的頭，不小心撞在了一個柔軟的背脊上。

是沈雪，她回過頭，衝我莫名其妙地甜甜笑了起來。

第四章 麻煩

沈雪停下腳步等我靠近，然後和我並肩向前走。

「夜不語，夜峰是你表哥吧？為什麼他跟你一樣姓夜呢？」她笑嘻嘻地問，眼睛裡不時閃動一種姑且可以稱為好奇的小星星。

我不耐煩地回答：「我阿姨嫁給了一個姓『夜』的男人，我表哥當然也姓夜了。妳不覺得這個問題很無聊嗎？」

這個沒有建設性的問題，我從小就被人問過了無數次，有時搞得我都快要發瘋了，雖然自己對這個問題非常不耐煩，卻也從來沒有對任何人說過真相。畢竟這個真相中隱藏著夜家的秘密。不過，那又是另一個故事了。

「隨便問問也不行嗎？」

沈雪委屈地在我手臂上用力掐了一下，痛得我直想哭。有沒有搞錯啊，這女孩還是少惹為妙。

我機警地和她保持兩個手臂的距離，也不再跟她說話，心情煩悶地走進了那灰色的四合院裡。

沈家的老祖宗在左廂的大廳裡，擺上了一張長長的飯桌，圍著桌子，密密麻麻地坐了二十多個人。

那些人面紅耳赤的大聲衝沈雪的老爸叫罵，不過，她老爸顯然也不是省油的燈，畢竟出過國、見過世面，和二十多個人吵上也絲毫不落下風，直看得我嘖嘖稱奇。

老祖宗把拐杖重重地磕在地上，發出「啪」的一聲響，所有人頓時安靜下來。

他緩緩看了圍在飯桌邊的人一眼，用沙啞乾澀低沉的聲音緩緩道：「你們這些人也老大不小了，難得沈家有客人來，看你們一個個都成什麼樣子！」

頓了頓，老祖宗續道：「來，我們的客人都過來，坐到我旁邊。」

老祖宗指了指自己的下首，示意我們過去。

我天生就不是會客氣的人，一屁股大剌剌地坐在了左邊的位置。

只聽見沈科在我耳旁小聲咕噥，「乖乖不得了，大宅的每戶人都派了代表來，待會兒吵得不過癮會不會開打？」

我重重在他腳背上踩了一腳，坐在對面的沈雪，眼看著自己的堂哥痛得咧嘴跺腳，一副狼狽的樣子，居然用手捂住嘴，幸災樂禍地笑起來，看來這小妮子果然有虐待狂傾向。

大部分的人各懷心事地吃著眼前的東西，等到差不多了，老祖宗才抬起頭說道：「老六，這次你擅自改動家裡擺設的事情，應該給大家一個交代吧。」

剛說完，就有個人面色激動地叫起來：「他把大宅的風水全敗了，老祖宗，您可要重重懲罰啊！」

原本安靜的大廳裡，頓時喧鬧起來，二十多個人嘈雜地開始大聲數落沈雪的老爸，突然有個大嗓門壓下所有的聲音道：「等到池子裡的錦鯉全部死光了，會不會就輪到我們了？」

靜，剛才還刺耳的吵鬧迅速消失不見，大廳裡的人全都不由自主地打了個冷顫。

「應該不會吧，哪有那麼邪門！」有個人小聲說道。

「怎麼不會？」他旁邊的一個人哼了一聲，說：「你別忘了二十七年前的那件事，當時大宅所有水池裡的魚也是死個不停……」

「二十七年前怎麼了？」

我豎起了耳朵想聽後文，但那人卻沒有再講下去。

「都不要吵了！」沈雪的老爸大叫一聲，續道：「老七，你們院子的魚死得最凶是吧！我今天就整晚守在那裡，我倒要看看是什麼玩意把魚弄死的！」

「好，就衝六哥你這句話，我們明天都到老祖宗這裡，來等你的交代。」那個老七說道。

其他院子裡的人想了想，也紛紛點頭，畢竟這也是沒有辦法中的辦法，說不定老六真的能找到元凶呢。

一群人紛紛散去。

我等人都走得差不多了，這才滿臉帶著恭維謙卑的笑，朝沈家老祖宗問道：「那個，老祖宗，究竟您今天說的那個銅獅子……」

那個老狐狸大大打了個哈欠，也不等我把話說完，就自顧自地站起身來，說：「好累，人老了就是容易犯睏，那個小朋友，老朽先去睡了，我們明天再慢慢話家常。」

該死！難得我這麼低聲下氣，他居然連一點面子都不給！

我臉上的笑意頓時凝固，雖然很想發飆，但一開口卻變成了這句：「您老走好，哈哈，老人家就應該多多休息。要不要我叫沈科幫你按摩？」

鬱悶，畢竟在人家的地盤上，高傲如我還是要識趣地低頭。

人去樓空後，大廳顯得格外安靜。

最後，我帶著滿腦子的疑惑，和沈科等人無奈地離開了。一路上，時時刻刻都十分聒噪的沈雪，沒有說過一句話，只是低著頭慢慢走在後邊。

我向她走過去，柔聲問：「妳在擔心妳老爸嗎？」

「嗯。」她看了我一眼，輕輕點頭。

「那麼妳有沒有想過，那些魚是怎麼死的？」我又問。

沈雪苦惱地皺緊了眉頭，說：「就是不知道啊，雖然我和老爸都猜可能是有人在水池裡下毒，但是市裡來的專家又檢查不出問題，而且死魚身上也沒有中毒的痕跡。」

「那也就是說，問題不是出在水質上。」我思忖道。

沈科插上了嘴，「本家許多院子裡都養了狗，會不會是某些犯賤的狗把魚咬死的？」

沈雪搖了搖頭，說：「我爸也懷疑過，所以前天就要求老祖宗讓所有本家的人都把狗鍊起起來，可是今天早晨，魚還是死個不停。」

「那有可能是老鼠搞的鬼。我以前親眼見過幾隻老鼠在淺水裡，圍著幾隻魚又撕又咬，最後活生生把魚咬死了。」徐露也是突發奇想。

我咳嗽了一聲，指出了問題的關鍵，「雖然你們幾個說的情況都很有可能，但現在狀況是，那些死魚身上根本沒有任何傷痕，還有其他的什麼高見沒有？」

沈科和徐露立刻就打死不吭聲了。

「管他那麼多，最後大不了和老爸一起搬出去！總之，我早就厭倦住在這種陰沉的地方了。」

沈雪用力甩著頭，像是想要將煩惱統統甩出去。

我淡淡笑了起來，這小妮子還真是樂觀。

抬頭看了看天色，這才發現四周已經黑盡了，沒有任何污染的天空上繁星點點，微小的星星不斷閃爍著，發出淡淡銀光。

這原本應該令人心曠神怡的景色，如今卻不知為何，竟然變得如此詭異，星光牽動下，就連周圍的空氣也充滿了壓抑感。

突然感覺有股寒氣猛地衝到背後，然後迅速竄上頭頂，我嚇得頭髮都快豎了起來，轉身一看，卻什麼也沒有發現。

「最近是不是睡眠不足，神經開始過敏了？」我咕噥著輕輕揉了揉肩膀。

大宅的路上早已亮起了路燈，那些掛在院牆上的燈，沉默地散放出搖爍不定的枯黃光芒。

仔細一看，那些所謂的路燈，居然全都是點燃的蠟燭，粗大的蠟燭外蒙上了一層厚厚的牛皮紙，在涼爽的夜風裡，發出一陣陣「吱嘎吱嘎」的單調響聲。

我臉色古怪地衝沈科說道：「你們家的路燈還真是別具一格，太有特色了！」

沈科也不是白跟我混了一年多，自然知道我話裡的另一層意思。

他哼了一聲，「這也是老祖宗的意思。為了維持大宅的風水，他不准本家的人用電，害得二十多戶人，現在都還生活在刀耕火種的時代！」

「什麼刀耕火種，說得有夠難聽，嘿嘿，其實很多戶人都暗地裡拉了電線上來，只是老祖宗不知道罷了。」

已經想通了的沈雪，又開始活躍地發洩起自己旺盛的精力。

就這樣打打鬧鬧，我們一路閒逛著，慢慢回到了住的地方。剛走進院子，一個大約十七歲的女孩就迎了上來。

「阿科，你回來了怎麼都不告訴我？」那個女孩親密地衝沈科說道。

沈科頓時像被雷電擊中了似的，全身僵硬，臉上甚至出現了石化現象。

「我我……妳！這個！」他唯唯諾諾了許久，也說不出個所以然。

一旁的沈雪竊笑著拉了拉我的衣袖，示意我跟她躲到一邊去，我呆呆地看著她越笑越燦爛的笑容，問：「怎麼了？那女孩是不是有什麼問題？」

「當然有問題，而且還不是一般的小問題。嘿嘿，等著看好戲吧！」

她一個勁兒「咯咯」的笑，直笑得我全身都長出了雞皮疙瘩，那根本就是我在幸災樂禍時，常常露出的陰險表情嘛！怎麼被這小妮子學去了？

「你到底怎麼了，臉色怎麼這麼怪？」那個突然出現的女孩，將手輕輕按在沈科的額頭上，不解地說：「啊！溫度怎麼這麼高，你感冒了嗎？」

她臉色一沉，又說：「這麼大的人了，也不懂得好好愛惜身體，趕快回去躺著，我去幫你拿藥。」

「不……不用了……我沒有感冒。」沈科結結巴巴地說，還不斷用眼角的餘光，偷瞄著身旁的徐露。

徐露雖然有點害羞，但絕對不是傻瓜。

見到眼前那個溫柔嫻靜的漂亮女孩對沈科關懷備至，自然也略微感覺到，他倆之間的關係似乎不太尋常，臉色也變得不對勁起來。

「嘿嘿，看來真的有好戲可以看了。」我和沈雪兩個有著良好嗜好的純情少男少女，滿臉堆著奸笑，安靜地等待好戲上演。

好戲果然不負眾望地開始了。

那女孩堅持要去拿藥，走出院門時，突然回頭衝他笑了笑，用清亮的聲音，柔聲說道：「阿科，我是你的未婚妻，細心照顧你也是應該的！」說完後，向我們微微欠身，又意味深長地看了徐露一眼，這才緩緩走了出去。

「你有未婚妻了？」徐露面無表情地問。

沈科全身一顫，就像做錯了事的孩子一般，低著頭輕輕「嗯」了一聲。

「怎麼從來都沒聽你說過，虧我們還是好朋友……居然瞞著我們金屋藏嬌。」

徐露笑了起來，大聲地笑，笑得十分開心，笑得眼眶裡的眼淚都快流了下來。

「不過，有一個那麼喜歡你的人那麼照顧你，哈哈，真好……」

「小露，我……」

「我累了。」

打斷沈科的解釋，徐露快步朝自己的房間走去，越走越快，最後幾乎逃命似的跑進房裡，啪的一聲，用力關上了房門。

「快跟上去解釋，順便跟她告白！」沒想到事情會演變得這麼嚴重，我有些不忍地從背後狠狠推了沈科一把。

那傢伙失魂落魄地搖了搖頭，「小露不會聽的。」

「你怎麼知道她不聽？你又不是她肚子裡的蛔蟲。」我沒有好氣地說。

「還是等明天吧，現在她正在氣頭上。」

沈科遲疑了一下，最後還是退縮了。

我冷笑起來，「這可是你決定的，到最後千萬不要後悔！」

「他有什麼可以後悔的？」見好戲演完的沈雪，伸過頭來問。

眼看沈科這顆木魚腦袋冥頑不靈，我眼睛一轉，決定用比喻法敲醒他。

「小雪，妳有沒有聽過這樣一種說法？是關於女人的。」我衝她眨了眨眼睛，微笑起來。

「說來聽聽。」沈雪十分配合地答。

我說道：「據說女人是一種比男人更高級的動物，這種動物的存在，使達爾文的進化論受到了前所未有的衝擊。還有人說，男人和女人不是從同一個物種進化來的。」

「那她們從哪裡來？」她笑嘻嘻地又問。

我向天上指了指，「她們來自水星。」

沈雪這古靈精怪的小妮子完全明白了我的意圖，她哦了一聲，繼續和我一唱一和：「那女人豈不是很善變？」

「那當然了，她們是水做的嘛！」我瞥了沈科一眼，續道：「水妳知道嗎？如果不把握水的性質，它們可是會很輕易地從妳手裡流走的，到時候後悔都來不及了！」

「你們很煩知不知道！不要像麻雀一樣唧唧喳喳在我耳邊鬧個不停，小心我揍你們！」沈科惱怒地大吼了一聲，接著也走進自己的房間，啪的一聲用力關上了房門。

沈雪衝我吐了吐舌頭，說：「那小子說我們是麻雀！」

「沒關係，我大人有大量。不過說實話，認識他這麼久，我還是第一次看他發脾氣。」我嘆了口氣，抬頭望著天空，淡然說道：「身為朋友，我真的不希望他以後追悔莫及。」

但我們不知道的是，陰影正籠罩著這個龐大的宅子，裡邊所有人都無法逃脫。

那個不久前甦醒的暗夜產物，早已伸出了手臂，它一個個地觸摸著每個人的身體，然後伺機將它選中的人，連骨頭一起，全部，吞噬下去……

第五章 守夜

沈上良擺了張椅子，獨自坐在老七家的水池旁。

夜漸漸深了，院牆上的牛皮燈籠，孤寂地散播著黯淡的光芒。

他點燃煙深深吸了一口。

天幕上的星光閃爍，在這個安靜夜晚中，顯得格外刺眼。

已經有多久沒有像這樣仰望著星空了？

還記得小時候，自己的那個老頭子總喜歡帶他到院子裡，還唬弄他，說只要數清天空中的星星，那麼自己許的願就一定會實現。

可是每次自己還沒數到三百，就會疲倦地撲在老頭子的大腿上沉沉睡去，那時候雖然全鎮都在鬧饑荒，許多東西有錢也買不到，而且生活也不富裕，但他還是很開心，可是當長大，有了見識，人生閱歷慢慢增加後，自己卻再也沒有開心地笑過。

這或許就是當時老頭子嘴裡常常唸著的，成年人的悲哀吧！

轉念想想，今年自己已經滿四十六歲了。

十九歲時被老頭子送到英國留學，二十六歲回家，然後娶了鎮上的一個女子，兩年後生下了女兒沈雪。

沈上良將背緊壓著椅靠，頭部後仰，面無表情地望著天空。

妻子在十八年前因為難產離世，他一個人將沈雪拉拔大，一個大男人要做父親又要當母親的，其中辛苦是常人無法想像的。

想起自己的女兒，沈上良的臉上少有的露出一絲微笑。沈雪是他的驕傲，她一直都是個乖巧聽話的孩子，又聰明又懂事，只是不知道她有沒有發現，她的老爸其實是個十分沒用的男人。

雖然他在英國的劍橋待過幾年，但那幾年，完全是吃喝玩樂混過去的。大學四年後，自己是怎麼去的，也就是怎麼灰溜溜地回來，什麼也沒有學到。

其實，沈上良也知道自己一無是處，但是幸好，他是沈家的直系，他可以從老頭子手上繼承一大筆土地。

如果將那筆土地賣出去，那麼這輩子自己的女兒也就衣食無虞了，可那個頑固的老祖宗說什麼也不賣，不但不賣，還把他罵了個狗血淋頭。

沈上良畢竟受過西方教育，從來就不相信所謂的什麼風水，也一直對老祖宗口裡嘮嘮叨叨，不准任何人更改本家大宅裡一草一木的規矩，嗤之以鼻，所以他一氣之下，就故意在自家的院子裡修了噴水池，存著心想要氣他。

這樣做是不是真的錯了？

他嘆了口氣，深邃的夜更加寂靜了。

沈上良掏出錶看了一眼，十一點半，看來這個夜晚還漫長得很。他從茶壺裡倒了一杯茶輕輕品起來，然後又煩躁地浮想翩翩。

相對於茶，他更喜歡喝咖啡，特別是用牛奶蒸出來的那種頂級咖啡，不用加糖，等到涼得溫熱的時候一口而盡，那種滿口香濃純厚的感覺，在整個嘴裡來回飄蕩，許久都不會散去。

其實，在開發商提出收購沈家大宅計畫的時候，他就暗自決定，領到錢，就和女兒一起移民到加拿大去。

而且據他了解，對開發商的收購價動心的人，恐怕還不在少數，據說那些城裡人想要夷平這裡修建高爾夫球場，不過管他那麼多，賣出去後就是他們的問題了，但關鍵是老祖宗，究竟該怎麼樣才能說服他？

用力搖搖頭，沈上良突然感覺四周的氣氛變得十分古怪。

他抬起頭四處望了望，什麼也沒有發現，但為什麼總覺得有什麼和剛才不一樣了？

他困擾地撓撓頭，全身猛地一顫。

對了！是蟬叫聲。

不久前還叫個不停的夏蟬，不知從什麼時候起噤聲了，還有蟋蟀那些同樣聒噪的蟲子，也都停止了亂發噪音。

整個院子都靜悄悄的，寂靜得可怕，沈上良感覺自己像跳入了一汪黏稠的液體裡，那些液體瘋狂地灌入自己的耳中，不但遮罩了聽覺，還影響了他的情緒。

似乎有什麼東西無聲地在空氣裡流竄著，他身旁的壓抑感越來越大，猛地眼前一亮，牆上燈籠原本黯淡枯黃的光芒變成了紅色，血一般的紅色。

沈上良難以置信地用力閉上眼睛，然後又睜開。

血紅突地不見了，不遠處的燈籠，依舊散發著那種半死不活的淡淡黃光。

一切似乎都恢復了原狀，他捂住狂跳的心口，長長吐出一口氣，就在這時，有股惡寒毫無預兆地爬上了他的脊背。

他滿臉恐懼，有生以來第一次嘴裡唸著觀音菩薩、如來佛祖、上帝、耶穌……等等名號，巴望噩夢快點過去。

但是，這場噩夢似乎並不因為他的虔誠就消失無蹤，沈上良緩緩回過頭……

一聲尖叫，頓時從這座院子向遠處擴散開來。

□

首先被驚醒的當然是老七一家人，因為我們住的和他家比較靠近，所以聽到尖叫聲的我，和一直都在擔心自己老爸的沈雪，第一時間衝了過去。

一進老七家的院子，就看到沈上良跌坐在地上，滿臉煞白，全身還止不住地顫抖著。

他的眼睛圓瞪，充滿恐懼地指著面前的銅獅子，任憑周圍人怎麼問，他也只是在喉結處發出一陣陣古怪的「哧哧」聲。

「老爸，你怎麼了？」

沈雪立刻跑上去抱住沈上良，眼圈一紅，險些哭了出來。

我在旁邊輕聲安慰道：「看樣子，妳爸爸好像是被什麼東西嚇壞了。」說完，好奇地衝那座銅獅子看了一眼，沒什麼問題，和白天看到的一模一樣啊。

「獅子、獅子……」沈上良終於說話了，「那獅子剛才低下頭冷冷看著我，它的眼珠子紅得就像血，滿臉猙獰想要把我吞下去！」

所有人都不禁打了個冷顫！

我又向銅獅子看去，但還是看不出任何問題。

「先扶妳爸爸回房間休息一下。」

我示意沈雪把這個精神狀態明顯不好的男人哄去睡覺，她感激地點點頭，和她的阿姨一左一右把沈上良攙扶回去。

這時沈玉峰也走了過來，不過他手上抓了兩個人，見我們驚訝地看著他，解釋道：「剛才我聽到六哥的尖叫聲，立刻就衝了出來，但一出門，就發現有兩個鬼鬼祟祟的人伸著頭到處張望。一看是生面孔，就順手把他們抓了過來。」

被吵醒的人圍了上去，接著有人大聲叫道：「這兩個傢伙，不就是經常來說要收購沈家大宅的人嗎？」

人群立刻激動了起來。

「媽的，我們家水池裡的魚，是不是你們搞鬼弄死的？」有人用力扯住他們的領口喝道。

那兩個明顯已經被打得鼻青臉腫的人，耷拉著腦袋，有氣無力地辯解道：「我們在古雲山上測量地形，因為汽車爆胎了，所以想來這裡借住一晚，魚什麼的，我們根本就不知道！」

「放屁！你以為我們是大老粗不認識字啊，測量地形用得著你們嗎？」有人激動地就想一拳頭打過去。

沈玉峰立刻將那些手癢的人擋住，對他們說道：「不管什麼原因，總之，你們明天和我到警局裡去一趟，是非黑白，到時候就清楚了。」

這個多事的夜晚，就這樣不平靜地安然過去。

第二天一大早，就聽到有人用力地踹著我的房門。

我穿好衣服，一邊抱怨，一邊揉著惺忪的眼睛打開了門。

沈科萬分焦急的臉孔立刻露了出來。

「小夜，小露不見了！我剛剛去她房間找她，就發現她的房門大開著，怎麼辦？

我該怎麼辦？」

他急得汗水直流，還一個勁兒的踱著腳。

我慢悠悠地說：「她是不是睡醒後出去做運動啊？你要知道，女孩子是很麻煩的。」

「不可能，我檢查了她的房間，她的被子還是好好地疊著，床上也完全沒有睡過的痕跡。」

「什麼！」我這才意識到事情的嚴重。「你快去找人搜查整個本家，我去調查看看是不是有人見過她。如果再找不到的話，只有請沈玉峰叔叔派搜查隊了！」

「沒辦法！我們恐怕都被困在山上了。」沈玉峰陰沉著臉，拖著昨晚逮到的那兩個人走過來。

我大吃一驚，問道：「究竟發生了什麼事？」

「沈家所有的交通工具，都在昨晚被人破壞了，我的警車也不知道被誰刺破了輪胎，那傢伙還放光了我的汽油。」他心情極為不爽地說：「換言之，直到鎮上有人想起我們，然後派人來查看，否則，我們都會被困死在這個該死的古雲山上。」

□

禍不單行，說的就是我們的狀況，或許不止我們，甚至整個沈家大宅裡，全部一百多人，都有可能被這個隱晦的詞語光臨。

放下交通工具被破壞的事，沈家所有人都開始搜尋徐露的蹤影。而我和沈玉峰也著手調查起那兩個賊。

「說，沈家的交通工具，是不是你們弄壞的？」沈玉峰抓著左邊那人的領口，大聲喝道。

「我要求聯絡我的律師！」那人偏過頭。

沈玉峰吐了一口口水過去，隨手就搧了他幾耳光。

我慢悠悠地說道：「法律不是嚴令禁止毆打犯人嗎？何況他們在法律意義上，還只是嫌疑犯。」

沈玉峰和我一唱一和，凶巴巴地說：「這裡天高皇帝遠，就算我把他們打個半死，到時候再死不認帳，我就不信他們能告我！再說，現在我們和外邊完全失去了聯絡，有沒有人會來找我們都要打問號。哼，說不定押他們下去時，這些傢伙的傷早就好了！」

「有這麼好的事？」我裝出興奮的樣子，續道：「那讓我也試試，我早就聽表哥說，局裡打人要遵循一點小小的原則。比如用榔頭敲的時候，一定要在人的背上墊塊木板，據說，這樣打，就算驗傷也不容易驗出來，而且被打的人會痛不欲生，想暈都暈不過去。」

沈玉峰訕笑起來。

「看來你表哥還真教了你不少東西，說得我都想試試了。」說著，他就四處張望，似乎想找個榔頭和木板來。

左邊的那個傢伙，嚇得全身發抖。

「我說！」他不顧右邊那人的阻撓，大聲叫道：「老闆的確是叫我們弄些什麼事情，把這裡的住戶全都嚇跑，但是我們還沒來得及幹，就被抓了，我……」

「這麼說，沈家池子裡的魚不是你們弄死的？」沈玉峰問。

「絕對不是，我們甚至不知道發生了什麼事情。」

「那這裡的交通工具和我的警車呢？也不是你們破壞的？」

「不是我們做的！我發誓！」

沈玉峰眼睛一眨不眨地瞪著他看，過了許久，才惡聲惡氣地說：「我姑且相信你的話，如果讓我知道你這傢伙在撒謊，哼，到時候不要怪我弄斷你幾根骨頭！」

將那兩個人鎖在房間後，我們走出了院子。

「那人的話你信不信？」沈玉峰思忖了一下問。

我毫不猶豫地答道：「不信。」

「哦，為什麼？」他顯得有些詫異。

「因為那傢伙說得太爽快了！我老爸常常教育我說，太容易得到的東西，一般都有問題，就算他的話裡有些真實性，分量恐怕也不多，而且，他害怕的樣子也太做作了，一看就知道是裝出來的。」

「完全和我想的一樣，嘿嘿，看來小夜你並不是浪得虛名啊。」沈玉峰老臉一紅，接著就嘻皮笑臉地跟我耍起了花腔。

我暗自好笑，也不拆穿，淡然道：「我們去停車的地方看看。」

沈家本家靠近大門的地方有一塊空地，有人隨意在那裡搭起了幾個簡單的棚子，就當作停車場了。

由於大宅裡邊是一個一個四合院緊緊相連的格局，每個院子都有四條小路，通向四個方向，走起來十分像迷宮，而且那些院間小路也實在太小了，容不得任何汽車通過，再加上老祖宗很討厭這些現代化的東西，所以二十幾戶人家的交通工具，都停放在這塊空地上。

但沒想到，客觀上造成了現在這種與世隔絕的情況。

我剛走過去，就看到滿地慘不忍睹的景象。

所有汽車、摩托車、牽引機的汽油，都被放得一乾二淨，輪胎也被割破了，凶手還心狠手辣地連腳踏車也沒有放過。

只看了一眼，我就十分清醒地意識到，在沒有設備的情況下，根本就不可能在這裡找出任何線索。

我極度鬱悶地問身旁的沈玉峰：「沒有車子真的下不了古雲山嗎？」

他無奈地點點頭，「附近常有許多危險的動物出沒，人走下去實在太危險了，再加上又沒有大路，普通人花一天一夜，都走不到古雲鎮。」

「只要人多點，至少還是有希望走出去嘛。」我沉聲道。

沈玉峰有些不置可否，說：「你去問問沈家的人誰願意？他們過慣了舒服的日子，現在突然要他們走那麼遠的路，還不如直接要他們的命！總之，這裡儲存的食物還剩很多，絕大部分人應該都寧可等下邊的人找上來。」

「那你的手機呢？」我心存僥倖地提醒道：「應該可以和外界聯絡吧？」

沈玉峰苦笑了一聲，將手機掏出來遞給我，「忘記帶充電器，早沒電了。」

我微微嘆了口氣，用手按摩起太陽穴。

該死！早知道會發生這麼多事，我壓根就不會來。家裡待著雖然無聊了一點，但至少不用在這種該死的鬼地方，被弄得頭暈腦脹。

「其實你也不用太擔心，總之，警局裡的人都知道我回了本家，如果四天以後他們還沒有我的消息，那些傢伙肯定會過來找的。」

沈玉峰拍了拍我的肩膀，走掉了。

□

又回到我下榻的院子。

經過徐露的房間時，我遲疑了一下，然後推門走了進去。

這還是徐露失蹤後我第一次進她的房間，只見房裡的一切，都整潔地擺放在它們該放的地方，我看了一眼床上，如同沈科所說的，床根本就沒有睡過的痕跡，被子也疊得整整齊齊。

靠窗戶的桌子旁，一張椅子被拉出了少許，看得出小露曾在上邊坐過，或許她還是用手撐著腦袋，呆呆地向窗外望。

桌面上還留著幾滴蠟燭的殘淚。

對了，這個房間的蠟燭呢？

我靈機一動，趴在地上開始四處找起那根倒楣的蠟燭。

皇天不負苦心人，花了老大的勁兒，才從床底下把它掏了出來。

就在我撅著屁股剛從地上爬起時，沈科和沈雪也急匆匆地從外邊踢門走了進來。

他們臉上的焦急，比早晨更加濃烈了。

沈雪見我滿身灰塵也不關心一聲，只是自顧自地高聲道：「夜不語，我們一百多個人找了足足一個早晨，幾乎翻遍了沈家的每一塊草坪，但就是找不到徐露，甚至沒有人在今天看到過她。」

沈科低著頭，一聲不哼。

輕輕叫了他一聲，他也只是遲鈍地抬起頭看我，滿臉呆滯，原本又大又亮的眼睛，此刻變成了死灰色，而且全身都在不停地顫抖著。

「這傢伙擔心過度了。」我衝沈雪問：「有沒有什麼讓人精神鎮定的藥物，安眠藥也行。再這樣下去，我怕徐露人還沒有找到，他就已經發瘋了。」

「我家裡唯一吃了讓人想睡覺的藥，就只有感冒藥。」沈雪無奈地苦笑了一下。

這時沈科突然抬起頭，大聲叫道：「都是我的錯，昨天晚上我就應該把話說清楚的，是我把小露氣走了，該死！我怎麼這麼蠢！」說完，他就歇斯底里地向外衝去。

這時候我怎麼敢放他走，萬一這喜歡鑽牛角尖的木魚腦袋，一時想不開自殺了，恐怕我一輩子都會良心不安。

我用一百公尺十二秒的速度衝上去，從後邊死命地抱住他，將他壓倒在地上，又向早就手忙腳亂的沈雪喝道：「快去拿些酒來，快點！酒妳家總該有吧。」

沈雪愣了一下，然後飛快地朝外邊跑去，不久後就抱來了一堆瓶子。

我不管三七二十一地抄起一瓶，打開就朝沈科的嘴裡灌，直到把一整瓶都灌進了他肚子裡，這才鬆開手。

「啊，這可是酒精濃度五十六度的極品茅臺，這次我老爸要心痛死了！」沈雪看了看我手裡的酒瓶，陰雲滿佈、寫滿焦急的臉上，浮現出一絲笑容。

「真是便宜這小子了。」

我用力踢了一腳爛醉如泥、癱躺在地上的沈科。嘆口氣，將他扶進房裡，像死豬一般扔到床上，天啊，那傢伙還真不是普通的重。

我喘著粗氣，看了一眼在旁邊竊笑不止的沈雪，說：「關於徐露的事情，妳有什麼看法？」

「完全沒有頭緒。」

她這才嚴肅起來，燦爛的笑容，緩緩又被懊惱焦急取代。

「我倒是有個看法，小露應該是半夜十一點多左右出去的，證據嘛，我也有！」

我拿出從床底下找到的蠟燭，說：「一般一整根全新的蠟燭可以用三到四個小時，而妳看看小露房裡的這一根，才用了一小半。

「我們都很清楚，她是十點左右回房間的，根據蠟燭的燃燒時間推測，我判斷她不知道什麼原因，在十一點多左右，用力將蠟燭扔在了地上，蠟燭熄掉了，她也走出了房間。」

我舔了舔嘴唇，續道：「還記得妳老爸尖叫的時候是幾點嗎？我看過錶，十一點三十五分，那時候徐露恐怕已經在院子裡了，只是不知道為什麼，她聽到尖叫聲時，沒有走過來。」

沈雪煩躁地問：「就算你推斷正確好了，那可不可以告訴我，小露到底去了哪裡？」

我苦笑起來，「這麼深奧的問題，我怎麼可能知道？但是我想她應該不會笨得走出大院，跑進古雲山裡，你們確定找遍了所有地方嗎？」

「我可以發誓！」沈雪舉起了雙手，「我們所有人，就差把本家的地磚挖起來。」

「不對，應該還有地方沒有找過。」我努力思忖著，隨後猛地抬起頭來。

沈雪全身一顫，呆呆地望著我道：「你說的不會是那裡吧？」

「對。就是那裡。」我緩緩地點頭：「聽沈科說，現在沈家二十多戶人住的，只是沈宅的一小部分，還有很大一部分，因為年久失修，乾脆封鎖了起來。那裡，你們肯定還沒找過。」

「你瘋了！那裡早鎖住了，根本就沒人能進去。」

「我的確是瘋了，但那是唯一的線索！徐露是我的朋友，我真的不想自己的朋友出事！」我的聲音不由得高了起來，說道：「不管怎麼樣，今天下午我要溜進去找找。」

「你不怕死，就去好了，到時候別指望我給你收屍！」沈雪大吼著，甩門跑了出去。

我心情複雜地望著她漸漸遠去的背影，突然嘆了口氣。

徐露這小妮子究竟跑到哪裡去了？昨天晚上，就在沈上良尖叫的同時，她又遇到了什麼？還有，沈家的交通工具被破壞，究竟是不是那兩個賊幹的？我深深迷惑起來。

唉，看來謎題越來越多了……

第六章 後宅

夜，平淡的夜，房間裡蠟燭的光芒微微晃動閃爍著，這是個十分寂靜的夜晚，如果硬要說有不平凡的地方，那恐怕要算呆坐在窗下桌子旁的女孩了。

徐露透過窗戶，眼神呆滯地望著滿天清晰漂亮的銀輝。

如果是在以前，她早就雀躍地歡呼起來，但今夜她卻生不出一點興致。不只沒有興致，還略微有點怨怒。

究竟天空的星星有什麼值得高興的，為什麼總是一閃一閃，看得讓人心煩！

她的心很亂。

剛剛那女孩的眼睛，彷彿看透了自己的心靈，就算是腦子深處的一絲一毫秘密，似乎也被她看穿了，但讓徐露焦慮不安、心神恍惚的卻不是這個，而是一句話，一句應該是那女孩故意衝她說的話。

「我是你的未婚妻……阿科，我是你的未婚妻……我是……」

那句話，直到現在都依然不斷迴盪在腦海裡，讓徐露痛不欲生。

剛才，當這句話猛地灌入耳朵裡，再由耳膜共鳴產生的神經電波進入腦子，大腦還沒有開始分析這句話的意思時，她的心突然像被狠狠撕裂開一般的痛。

痛得她的臉幾乎都要扭曲了，她想大叫，將身旁的一切都砸得粉碎，但是她卻不能，要笑，必須要笑！她還要在臉上露出毫不在乎的燦爛笑容，還要祝福那個讓她心碎的男孩。

然後，她迫不及待地逃走了，因為她怕自己會暈倒、會哭。

一滴溫熱的液體，沒有預兆地從眼眶裡流了出來，它滑過徐露秀麗白皙的臉龐，留下一道濕潤的水線，徐露緩緩地用手摸了摸，心臟就像被什麼用力捏住般，更加疼痛了。

接著，雙眼中迸出的淚水越來越多，再也無法止住。

已經有多少年沒有哭過了？

她一直以來都是個極為堅強的女孩，就算母親去世時，自己也只是緊緊地握住她漸漸變得冰冷的手，強忍著將淚水留在眼眶裡轉，不讓它流下來，也不能讓它流下來……

因為她知道，那一刻自己已經成了父親的精神支柱，如果自己也哭了，那父親他恐怕會因為過度操勞和悲傷，而崩潰。

現在的自己卻為了一個男孩哭了，哭得不知道該怎麼做才好。

「不要哭！不准哭！」

徐露將臉上的淚水狠狠擦乾，轉身走到床邊的大鏡子前。

這面不知道多古老的鏡子，用結實的木頭做了鏡框，表面還漆成紅褐色，而鏡子光滑的鏡面一塵不染，看起來常常被人使用的樣子。

今天下午打掃這間久無人居住的房間時，徐露就發現了一個奇怪的現象，房間裡所有的家具、擺設都積滿了灰塵，唯獨這面鏡子乾乾淨淨的，似乎才被人細心擦過的樣子。

但仔細一看，地板上的灰塵怕是有幾公分厚了，但卻找不到任何腳印，顯然很多年沒人進來過了。

「如果被小夜那好奇心旺盛的傢伙知道，恐怕早就大叫有問題了！」徐露輕聲咕噥著，注意力一被轉移，她頓時感覺好多了，心臟也痛得不是那麼厲害了。

背後黯淡的燭光靜靜散發著枯黃光芒，徐露望著鏡中的自己，突然覺得有些迷茫。昏暗的光芒裡，自己的樣子變得嫵媚無比，眼角淡淡的瞳芒，讓天空的星星也黯然失色。

這真的是自己嗎？她有這麼美？

徐露輕輕撫摸著自己的臉，看著鏡中的她也緩緩略帶遲疑地抬起手，輕輕在白皙絕麗、似乎不帶一絲煙塵的臉上撫動，於是她又輕輕跳了幾下，左右擺動身體，癡癡地看著鏡子，看著鏡中那個無法用言語來形容的美女，跟隨著自己的動作而動作。

也不知過了多久，但她絲毫感覺不到厭倦。

隨後，她發現鏡子的左上角有幾塊微小的褐色痕跡，不知道是不是從前油漆時不小心留下的，雖然不留意絕對不會發現，但卻依然像根刺一般，破壞了這面鏡子的完美。

徐露伸出手去想將斑痕摳掉，但就在手指碰到褐色斑紋的那一剎那，有股惡寒突如其來地爬上脊背，徐露渾身一顫，心臟恐懼地快速跳動起來。

整個房間不知從什麼時候起變得一片血紅，而且那股血紅的光芒，還如同有生命般不斷蠕動，將房裡的一切都籠罩了起來。

蠟燭依然靜靜地燃燒著，只是蠟燭在空氣裡無風自動，每一次搖晃就會分泌出一絲紅光。

徐露想要尖叫，卻發現自己張開的嘴裡，什麼聲音也發不出來。

紅光若有實體般的，不斷往她身上纏繞。她像掉入阻力極大的液體裡，每走一步都要花上極大的力氣。

過了不知多久，徐露終於來到桌子前，她伸手用盡力氣把蠟燭掃到地上，只見蠟燭飛了出去，火苗也熄滅了，掉在地上彈了幾下後滾進床下，但是血紅色的光芒依然沒有消失。

她猛地感覺到有隻看不見的手，狠狠地掐住了自己的脖子，然後將她的頭用力向後掰。

在鏡子裡，她又看到了自己的身影！

她正用力地捂住自己的脖子，身體不協調地扭曲著，徐露瞪大了眼睛，痛苦地掙扎著。

突然，她發現鏡中自己的臉竟然不見了！頭髮下一片空白，什麼也沒有，就如同一張白紙。而那張白紙下，就是脖子和瘋狂扭動的身體。

「我的臉呢？怎麼我看不見？」

她再也顧不上那雙掐著自己的脖子，幾乎要令她窒息的手，只是一個勁的想要去撫摸自己的臉，但手剛抬起來，鏡子裡猛地發出一道刺眼的光芒。

徐露雙眼裡充滿了血色的紅，大腦一陣混亂後，就什麼也不知道了。

□

在徐露消失的那天下午，我往背包裡塞進許多有用以及沒用的東西，然後走出房門，沒想到，剛進院子就愣住了。

只見沈雪揹著一個脹鼓鼓的旅行包，等在院門口。

「妳怎麼來了？」我明知故問。

她揚起頭，面無表情地答道：「你到了我們沈家，就是我們沈家的客人，我有義務幫你收屍。」

我頓時笑了起來，「怎麼你們沈家的人都那麼臭屁？」

「要你管！」

她衝我吐了吐舌頭，突然驚訝地看著前方呆住了。

我立刻回頭，還沒等發現什麼，一隻手已經牢牢地抓住了我的胳膊。

「小夜你這個死小子，居然敢灌我酒！」沈科大口地喘著氣，他滿臉通紅，還因為酒精的作用，身體時不時地顫抖著，叫道：「你們的話我統統聽到了，別想甩開我！我要去找小露，找到她，然後當著她的面把話說清楚。」

「看你這副德行，你能不能走啊？」

我皺緊了眉頭。

「當然能！我稍微運動一下，等體內的血液順暢了就清醒了，這可是我老爹縱橫酒場二十多年不敗的超級經驗。」

那傢伙一副要死不死的樣子，全身軟得就像海綿，偏偏還不服輸地說：「況且沈家的後宅根本就是迷宮，如果沒有熟悉的人引路的話，絕對寸步難行，你們離不開我的！」

我轉念一想，也對！自己在前宅都常常迷路，更不要說從沒有去過的沈家後宅了，那個鬼地方可比前宅大上一倍有餘。

就在我伸手扶住他正要向外走的時候，一個清亮溫柔的聲音傳了過來。

「阿科。」是沈科的未婚妻。

看來這個女孩絕對不簡單，她似乎十分明白，沈科這一走，將會帶給自己什麼樣的打擊。

「你真的要去嗎？」

她的眼睛一眨不眨地望著他。

沈科毫不猶豫地點頭：「我沒有選擇。霜孀，從小我們就一起玩，一直以來我都把妳當作要照顧的妹妹，雖然我們的父母擅自把我們捆在一起，但是這種感覺從來沒有變過，妳也應該清楚，我們根本就不可能！但小露不一樣，她是我第一個喜歡的女孩子，現在是，以後也不會變！」

「說這種話也太狠了點吧！」

我和沈雪對視一眼，不由得苦笑起來。

果然沈霜孀全身一顫，她迅速低下頭，什麼話也沒有再說。

但就在那一剎，我看到了她臉上的絕望，那種淒慘哀怨的樣子，就算是我也不忍心看到。

「那你小心一點。」她再次抬起頭時，臉上已經沒有了表情，有的只是冷漠，眼神也變成了死沉沉的灰色，但嘴裡卻機械化地說著極為溫柔的話，「山上的夜晚很冷，多帶點衣裳，還有，這是感冒藥，每天吃三次，千萬不要多吃，你最近身體不好，要多多休息！還有，看到徐露妹妹的時候，告訴她，我祝福你們，我……」

沈霜孀再一次轉過頭去，這次卻沒有回頭，逃一般地衝出了院門。

「你這個不解風情的王八蛋！」

我氣惱地狠狠在沈科頭上敲了一下。

沈雪也是大為氣憤，狠狠在他身上掐了一把，叫道：「你這種人應該關進監獄裡，免得出來禍害人間！居然連那種絕情的話都說得出來，你知不知道有多傷人？」

「你們兩個到底在氣什麼？」沈科疑惑地撓了撓頭。

我瞪了他一眼，實在是無言以對，雖然知道他對感情很遲鈍，但是沒想到居然遲鈍到這種程度。

沈雪再次和我對視一眼，不約而同地長嘆了口氣。

「算了，我們立刻出發，說不定還能在晚飯之前趕回來。」我率先向前走去。

沈家後宅，就在老祖宗住的那棟灰色的四合院不遠處，順著大門口那條路，直直的走十多分鐘就可以到了。

說實話，根據這兩天的觀察，我對沈家的構造有了初步的了解。

本家是由前宅和後宅兩個部分組成，圍牆呈圓形，裡邊還有一道和外牆同樣高的內牆，彎曲地將前後兩個宅區隔了開來，只在正中間開一道連接用的小門。

整個本家就像是一個太極圖案，但又絕對不是標準的太極圖案。

如果將前宅比喻為陽，後宅比喻為陰的話，明顯可以看出陰盛陽衰，黑色的面積要比白色大上一倍多。

其實早在一百多年前，本家就將後宅列為禁區，不准任何人進去，而那道唯一的門，也被青銅大鎖死死地鎖了起來，為了對付那把鎖，我還特意帶上一柄大鉗子。

避開所有人，偷偷摸摸到小門邊時，我們才驚訝地發現準備居然是多餘的，門虛掩著，上邊的鎖早已被什麼人剪開了，鐵鏈子就扔在地上。

我用力推了一把，門咯吱咯吱地向兩邊退去，頓時，一股刺骨的寒氣，迎面撲了上來。

沈雪打了個冷顫，抱怨道：「只不過隔了一道門而已，怎麼會變成兩種氣候？」

我試探著緩緩將手伸進門裡，雖然並沒有像剛才那麼冷，但是溫度卻明顯沒有前宅的高。

我奇怪地咕噥著：「是不是因為海拔的原因？雖然理論上，每上升一百公尺溫度就會降低一度，可是應該沒有這麼突然的。真是見鬼了，我就不信九十九公尺和一百公尺之間的溫度，會有什麼差別。」

雖然有些懷疑，但我還是首先走了進去，既然都已經來了，還不如進去找找線索！

後宅裡雖然陽光明媚，但總給人一種陰沉沉的感覺，和前宅一樣，雖然也是採用一棟棟四合院相連的格局，可牆全部粉刷成了黑色，房頂也沒有用任何琉璃瓦作裝飾，只是鋪上了深黑色的瓦。

雜草縱橫交錯的滿園都是，有一些生命頑強的，甚至從地磚之間鑽了出來，隨意一陣清風拂過，荒蕪枯黃的草便會亂糟糟地擺動，說不出的蕭索。

「對於本家最近發生的許多事情，你們有沒有什麼線索？」眼見大家都不開口，我沒話找話地問道。

沈雪毫不猶豫就搖頭，而沈科遲疑了一下，偏起腦袋仔細想了想後，也大幅度的搖起了自己的木魚腦袋。

其實這兩天發生的事，我也沒有太多的頭緒，但總覺得應該是和那個新修好的噴水池有關，礙於沈雪的面子，我自然不會說出來。

「我一直都很好奇。」我用力扒開深及腰部的雜草，吃力地向前走，「究竟你們沈家的祖宗，為什麼要選古雲山半山腰來修房子？這裡前不巴村，後不著店，就算是現在上山都要大費周章，更何況是交通工具不太發達的幾百年前！

「而且，想要修起像沈家這麼大，足足可以住下四千多人的建築群，動用的勞力、財力、物力，幾乎可以算得上天文數字！」

沈科深有同感地點頭道：「據說，本家是在清朝康熙年間開修的，歷時十三年才建好，至於為什麼要修在這裡，原因恐怕已經被第一代的祖宗帶進了棺材裡。」

「說不定我們的第一代老祖宗，根本就是錢多得花不完，純粹是因為一時興起，就將本家給建在了古雲山上。不信你看看族譜上那些個老祖宗們，他們哪一個沒有不良嗜好？」沈雪撇了撇嘴，不屑地說。

我立刻感慨萬分地點頭，心想，你們老祖宗我是不知道，不過光看這小妮子和沈科就足夠了，他們沈家人的性格我可是不敢恭維的。

又向前走了幾十公尺，突然腦中靈光一閃，我叫了起來：「糟糕，從剛才起，我就忽略了一個十分嚴重的問題！」

沈科和沈雪雙雙望向我。

我尷尬地撓撓頭說：「我們找到門的時候，門上的鎖已經弄開了，也就是說，有人先我們一步進去了後宅，但問題是弄開鎖的究竟是誰？還有，他或者他們現在到底還是不是留在後宅裡邊，而且，就連他們是敵是友也不知道。」

沈科立刻醒悟過來，他急促地說道：「小露！小露會不會就被這夥人綁架了？他們會不會對她怎樣？」

真是關心則亂，那傢伙越想越怕，不由得加快了腳步。

我一把抓住了他，叫道：「你給我滾回來！你知道他們在哪嗎？不知道就給我好好地找。雖然不清楚他們和徐露的失蹤是不是有直接關聯，但應該也是一條不容忽視的線索！」

讓他們仔細注意四周的異常後，我開始一寸一寸打量起附近的景象。

這裡的建築大多沒有什麼嚴重的損壞，只是處處都透著一種蕭條以及沒落，就像一朵盛開的鮮花，在它最美麗的時候卻突然凋零了。

我向最近的一面牆靠過去，用手輕輕撫摩黑色的壁面，質感很好，也沒有任何裂縫，顯然和老祖宗口裡年久失修的說辭大相徑庭。

那麼一百多年前，沈家為什麼要空放著如此好的房子不住，反而將其封閉起來，讓剩下的人全都擁擠地住進本家的前宅呢？難道這裡存在著某些不能說出口的問題，或者秘密？

我搖搖頭，再次思索起先我們進入後宅的人，很困惑他們為什麼要進來，而且進來的方式，居然和自己的不謀而合，一樣粗魯直接、不拐彎抹角。

嘿嘿，這樣的人我倒是滿喜歡的，只是不知道，他們會不會是那些土地開發商派出來的狗腿子。

還有關鍵的一點是，他們現在究竟人在哪裡？如果還待在後宅的話，就要立刻退出去，我可不希望還沒有找到徐露，就先遇到危險。

我毫無頭緒地胡思亂想著。

回頭漫不經心地看了一眼自己走過來時，在草叢裡留下的那一條曲線，突然眼前一亮，我迅速捕捉到了腦中偶然閃過的靈光。

對了！痕跡！可以從痕跡著手！

既然有人進來過，那麼他也應該像我們一樣留下些什麼，雖然草叢的痕跡可以被風吹亂，但是地上的腳印呢？

院子裡的路，雖然是用黑褐色的泥磚鋪成的，但是那路也不過才一公尺寬，其餘的地方都是略帶濕潤的泥土，而且漫漫草海將視線全都遮住了，我就不信那些人可以準確無誤地全都走在石道上。

我走回門的地方，從背包裡掏出一把砍刀，一路走一路砍，還時不時趴下身子，仔細打量著地面。

沈科和沈雪都感到莫名其妙，還以為我犯了神經病，我自然懶得去理會他們古怪的眼神，不知找了多久，就在我累死累活地想要罷工，讓其他人來接手的時候，一個腳印露了出來。

沈科伸長脖子只看了一眼，全身就如同觸電一般跳了起來，臉色頓時變得煞白。

第七章 血花

「這個腳印是小露的！」沈科激動地喊著。

我輕輕「哦」了一聲，盯著他問：「從哪裡看得出來？」

「我確定！」他手舞足蹈地用手比著鞋印，說：「這雙鞋是我陪著小露去買的，鞋子的款式和大小我都記得清清楚楚，完全和這個腳印一樣，而且腳底的花紋，你看，這種鞋底花紋，是限量款。」

我沉吟了一下，「既然你這麼肯定，那這個人是小露的可能性就非常的大，不過她一個人跑到後宅來幹什麼？」

「她是一個人？」沈雪吃驚地抬起頭。

「沒錯。」我將周圍的草除了個一乾二淨，看著黑糊糊的地面說道：「妳看看，這個腳印離開磚道有三公尺遠，而附近卻沒有任何其他腳印。

「如果她是被綁架的話，沒理由她的腳印留下來了，而別人的腳印卻印不上去，這說明什麼？第一，有可能有人和她一起，只不過他們全都準確地步步走在磚道上，沒有留下腳印，但這樣的話，他們沒理由會讓小露一個人離他們那麼遠；第二，就只能解釋為，她是獨自一個人。」

「那她為什麼只留下一個腳印？」沈雪還是很疑惑，問道：「她走到這裡的路徑在哪裡？從磚道到這個地方有三公尺遠，怎麼會沒有其他腳印，難道她是跳過來的？」

「據我所知，她的彈跳力絕對沒這麼好。」我因為無法解釋而苦笑起來，不知為何，在內心深處微微有一絲不安。

沈科煩躁地叫道：「不要管那麼多了，既然有線索，我們就快點找下去，說不定小露還陷在這個迷宮裡，哭著等我們去救她呢！」終於有了一絲線索，這傢伙就像溺水的人抓到了稻草，精神大為振奮。

「那你先除草！」我將手裡的砍刀遞給他。

沈科愣了愣，傻傻地問：「為什麼？」

我用力在他腦袋上敲了一下，「這裡只有一個腳印，而路又四通八達，你大哥我怎麼可能判斷得出，你的小露向什麼地方走的，給我多找幾個腳印出來！」

眼看沈科委屈地摸著自己的頭，沈雪捂住嘴笑起來：「夜不語，他本來就已經夠笨了，你再敲他的腦袋，這小子會變白癡的。」

我們三個人忙了一個多小時，總算在最右邊一條隱蔽地十分巧妙的小路上，找到了腳印，順著路一直朝裡走，不久，一棟老舊的四合院出現在眼前。

門前也有徐露的腳印，看這個腳印推想她的姿勢，似乎是想要進院子。

我抬頭緩緩打量了一下，眼前的兩扇院門也是虛掩著，中間的蜘蛛絲全都破了，上邊還有蜘蛛在努力地編織著新網。

「看來她應該是進去了。」我用力推開門，只感覺一陣清爽的新鮮空氣，迎面撲了過來。

「哇！」背後的沈雪驚訝地叫著，只見眼前院子裡的景色，和外邊根本就是兩個不同的世界。

在這個院子裡，花台上的牡丹和芍藥開得正旺盛。各色鮮花引來了無數的蝴蝶、蜜蜂翩翩飛舞，讓人眼花撩亂，而附近的擺設也井然有序，安靜待在它們該待的位置，地上路是路、土是土，涇渭分明，絲毫沒有長一丁點雜草。

而院子的正中央，如同前宅一般有座耀武揚威的銅獅子，它趾高氣揚地仰頭後望，在它旁邊還種著兩棵桂花樹，此時上邊也開出了無數淡白色小花，正散發出濃烈膩人的香氣。

我驚訝得全身都呆住了，過了許久才反應過來，快步衝上去，我不斷打量那些怒放盛開的鮮花，抱著頭呻吟起來，「不可能！絕對不可能！」

沈雪他們也走進來，她用手指輕輕戳著我的背，好奇地問：「什麼不可能？」

我頓時就用像要和人幹架一般的粗魯語氣，大聲吼道：「只要有一點常識的人都知道，牡丹的花期是四至五月左右，而芍藥一般比牡丹晚上一個月，它們兩種的花期偶然碰在一起，還可以理解，但是這兩棵桂花樹……」

我用手從樹上扯下一片葉子，叫道：「妳看！這是銀桂，它的花期可是在九月份，而且出名的只會後延不會提前，這三種東西怎麼可能一起開花，實在太怪異了！」

沈科滿不在乎地踹了身旁的銅獅子一腳。

「管他那麼多，說不定這是以前哪個沈家的怪才，閒著無聊培育出的新品種。現在最重要的是去找小露！」

「你知不知道這個多有價值？好的銀桂本來產量就不高，你聞聞這花香，又濃厚又淡雅，而且高貴之中還帶著一些黯淡的憂鬱，這可是極品！

「還有，我的天，就算在我那個瘋子叔叔的實驗室裡，也沒有見過一棵銀桂樹上，能長出這麼多花的。」

瘋子叔叔是夜家旁系的人，出名的花木狂，現在是某個農業大學的教授，就因為從小受到他的毒害，我現在才會懂得那麼多有關花木的知識。

「夜不語，你夠了沒有！究竟是小露重要，還是你那該死的銀桂重要！」沈科幾乎快要抓狂，他惱怒地瞪著我。

而我心臟一顫，頓時從狂熱的情緒裡徹底清醒過來，對了，自己剛才究竟是怎麼回事？居然會失態，而且那種狂熱得什麼都不顧的樣子，也絕對不符合自己一貫冷靜的性格。

難道是這個院子有古怪？

我禁不住又向四周望去，原本井然有序的蝴蝶蜜蜂等等飛蟲，被我們一鬧，全都忙著飛上了天空，整個院子靜悄悄的。

靜，如死的寂靜，蟲鳴聲在霎時間同時很有默契地停止了嘶叫，只有盛放的各種鮮花，微微在風中搖晃。

但這種宜人的景致，此時卻莫名其妙地帶給人一種強烈的壓迫感。花台上那些芍藥紅得就像血般，猛然映在視網膜上，讓我頓時全身起滿了雞皮疙瘩。

那些紅得異常的花瓣被風帶起，緩緩飄落在地上，帶著一種止不住的詭異氣息。

沈雪用手來回摩擦自己裸露在外的雙臂，說：「你們有沒有發現周圍突然冷起來了？而且，你們聞聞！」她用力吸了幾口氣，「好像有股什麼奇怪的味道。」

我點點頭淡然道：「好像是什麼的血。」

話剛出口，就見沈科渾身一顫，隨即低下頭若有所思地想著什麼。

我沒心情理會他，其實就在剛才清醒的瞬間，我就敏銳地感覺到四周的氣氛全都變了，空氣裡也開始不斷散發出一種怪味，那種味道自己並不陌生，是血腥味！

血腥味壓過了銀桂膩雅的香氣，變得越來越濃烈，我順著氣味來到花壇前，順手摘了朵鮮紅欲滴的芍藥輕輕聞了一下，一股強烈的怪味猛衝入鼻子裡，我大吃一驚，立刻驚慌地將它扔到地上，臉色頓時變得煞白，人也有點站不住了。

「你怎麼了？」沈雪立刻上來扶住我。

我強忍著顫抖，用自認為最平靜的語調說道：「血腥味是從芍藥裡散發出來的。」

她難以置信地驚叫一聲，隨後也像想到了什麼，回頭望向沈科。他們不斷用眼神交流，最後沈科滿臉恐懼地咬住嘴唇，狠狠地點了點頭。

「你們到底在打什麼啞謎？」我不悅地沉聲道。

「小夜，你有沒有興趣聽沈家一個百多年前的老故事？」沈科不斷瞄著這個院子，眼睛裡充斥著強烈的驚駭不安。

「說來聽聽。」

我不是笨蛋，當然知道那傢伙不會在這種情況下講無聊的東西。

沈科咳嗽了一聲，「很久以前……唉，看到這些怪異狀況的時候，其實我早就該想到了。」

「快點進入正題！」我皺了皺眉頭。

沈科立刻尷尬地笑起來，「不要那麼心急嘛，我又不是不說……好，好，馬上講！」

見我掄起了拳頭，這個賤骨頭頓時認真起來，續道：「一百多年前，沈家出了一個叫沈羽的怪胎。那個怪胎對任何東西都不感興趣，除了種植花木。他對花木有種瘋狂的情結，尤其是牡丹、芍藥和桂樹……」

沈羽站在自己的新家前，臉上依然帶著冷漠，周圍的人不斷對他指指點點，他卻充耳不聞，不是他不在乎，而是他不知道該怎麼在乎。

幾天前，老祖宗要他搬到後宅來，說是因為周圍沒人受得了他的臭脾氣，他沒有爭辯什麼，爽快地讓出房子，搬進了後宅一個偏僻的角落裡。

總的來說，這個地方還是令他很滿意的，雖然屋子破了一點，而且臥室裡還擺放著一面明顯是女人用的大鏡子，但外邊的院子卻比所有人的都大，在裡邊，能讓自己栽種更多的花。

他在庭院裡挖了許多小坑，然後小心翼翼地將種植在從前房子的牡丹、芍藥和銀桂，移植了下去。

這些花全都是自己的寶貝，特別是那幾株鐵杆紫，雖然並不算是十分珍貴的芍藥，但它們花期極早，往往在三月，別的地方都還在起苞的時候，他的鐵杆紫已經開放了。

這是他最驕傲的地方，可惜美中不足的是，花還不夠紅，再紅一點，紅得就像鮮血一般，就更完美了。

對了，昨天有人擅自將自己院裡的銅獅子移開了，老祖宗大發雷霆，嘿，最好把那些傢伙們統統趕出沈家，他們總不用正眼看我，不過，我也瞧不起他們。

總覺得那面鏡子有點詭異！

長時間看著鏡面，我甚至能從裡邊看到一絲絲紅色的光，或許是自己眼花了吧。

晚上作了個夢，有個看不清楚樣子的女人告訴我，她說如果用血灌溉芍藥的話，芍藥就會變紅，像血一般的紅……

□

「沈羽常常用一種奇怪的方法，來種植牡丹和芍藥。」沈科舔了舔嘴唇，續道：「或許小夜你已經猜到了，他是用血！」

果然是這樣！

聽著他的故事，我的臉色也變白了，沈雪更是害怕地緊緊抱住了我的手臂。滿園的鮮花不知何時起靜止不動了，即使在清風微拂下，也呈現出一種詭異的如死靜態，彷彿也在認真地傾聽著這個故事。

沈科繼續講道：「最開始，他用的是雞血和豬血，最後則割破了自己的手腕，直接將血滴進碗裡，再用來灌溉芍藥。」

□

不夠紅！還是不夠紅！

雖然已經用血灌溉了幾個月，鐵杆紫在花期開出的花，已經比從前鮮豔了許多，但還是沒自己期望的那麼好！

究竟該怎麼做，才能讓它變得像血一樣紅呢？

幾天前，又作了那個奇怪的夢，夢中的女人依然看不清楚樣子，但她的聲音十分好聽，就如同自己那兩棵銀桂一樣，又膩又香醇，讓人不忍心抗拒她。

那女人說，灌溉芍藥必須要用人血，不然就開不出好花，花期也不會太長。

第二天我就試了，我忍痛割開手腕，接出滿滿一碗鮮血，倒在種植著芍藥的土中。

隔天一大早，剛走到院子裡，就看到所有的芍藥都變成了我夢寐以求的血紅色。

鐵杆紫原本紅得發紫的現象，已經完全不見了，取而代之的是妖豔的大紅，那種鮮豔的顏色，令我禁不住手舞足蹈，激動地幾乎快要死掉了，我突然明白，一定是我的虔誠感動了上天，所以才會派仙女下到凡間來點化我。

□

「沈羽一直用自己的鮮血灌溉，他的鄰居雖然覺得很怪異，但因為老祖宗沒有說什麼，再加上他是沈家的直系，也就任他自生自滅。」

沈科沒有意義地搖了搖腦袋，續道：「說來也怪，自從用血澆灌後，沈羽的芍藥就非常地鮮豔，層層的花瓣不但美得毫無瑕疵，而且紅，非常紅，紅得就像血一樣。」

院子裡的壓抑感越來越沉重了，似乎有什麼東西在蠢蠢欲動著。天空中，明媚的陽光也突然黯淡起來，但周圍還是非常安靜，安靜得讓人心煩意亂。

沈科就像沒有察覺到一般，依然不斷地講著故事，偌大的院子裡，他的聲音顯得格外刺耳。

「雖然那些芍藥異常漂亮，但沈羽的鄰居們沒有任何人想要欣賞，他們認為那絕對是不祥之物，沈羽也絲毫不在意他們的異樣眼光，直到本家有小孩不斷失蹤為止……」

□

一直都有個願望，就是看到牡丹、芍藥、銀桂這三種最愛的花木，同時開放，只要一想到牡丹優雅的粉紅，芍藥高貴的血紅，以及滿樹濃香的桂花，交雜在一個院子裡，自己就止不住地渾身顫抖。

於是我開始虔誠地向上天禱告，希望那個屢屢給我提示的仙女，能夠再次下凡，進入我的夢裡，令人興奮的是上天聽到了我的願望，昨晚我又作夢了。

那位仙女第一次正面對著我，但我依然看不清她的樣子，不過我不在乎，我只是想知道那個辦法。

她沒有讓我失望，用膩得讓我發冷的聲音告訴我，只要將剛死不久的人的屍體，埋在銀桂樹下，它的花期就會提早四個月，而且開出的花更多更香濃，到時牡丹、芍藥和桂樹就能在一個時間綻放了。

人的屍體？醒來後我就犯起了愁，究竟該到哪裡去找屍體？挖墳？後宅的墓園裡雖然有很多，但都是些死了好幾年的，現在恐怕也只剩下骨頭了，更不要說是需要剛死亡不久的屍體。

我苦惱地坐在院子門口，有個小孩子剛好經過。

他衝我笑著，滿臉的燦爛，甚至不輸給綻放的鐵杆紫，於是，我也開心地笑了起來……

屍體總算有了。

□

「沈家一個月裡失蹤了十三個孩子。那些孩子的家長找得焦頭爛額，也沒有一點線索。最後有人說，其中有幾個孩子失蹤之前，似乎和沈羽在一起，他還給了那些孩子東西吃。」

沈科喘息著，想要停頓下來，卻驚訝地發現自己的舌頭完全不受控制，一個詞接一個詞的，將話從嘴裡不斷迸出來。

「於是那些家長全都趕到沈羽家，但他家的大門緊緊閉著，任憑那些人怎麼敲打也沒人來應門，許多人都認為這是他心裡有鬼的表現，立刻就有人撞開門闖了進去。

「但剛一進門，大家都愣住了！在這個初夏時節，沈羽的院子裡，芍藥、牡丹和桂花居然同時盛開著，本來應該很美的景色，卻不知為何透露出絲絲詭異，所有進來的人都同時打了個冷顫。

「一陣陣妖異的感覺充斥在空氣裡，和桂花的香味糾纏在一起。還有芍藥紅得像血的花朵，全都令人覺得非常的壓抑，這種感覺，甚至讓人變得異常煩躁起來。

「家長們將整個院子搜了一遍，最後在兩棵桂樹下，挖出了那些失蹤孩子的屍體……正好是十三個，可是屍體早就被肢解成了無數塊，只有頭部還算完整地保留了下來。

「這件事驚動了本家，許多人自發地組成搜索隊想要將沈羽找出來，但是他就像突然人間蒸發了一般，再也沒有人知道他的蹤跡。」

這個恐怖的故事總算是講完了，沈科大口大口地吸著氣，一連串說完那麼多話，痛苦得幾乎要讓他窒息了。

直到現在，他也不太清楚剛才的自己究竟是怎麼回事，彷彿整個身體已經不屬於自己，他就像行屍走肉似的，按照突然出現在腦中的東西，麻木地將其當作草稿唸了一遍，這會不會就是所謂的鬼上身？

想到這裡，沈科原本就蒼白的臉，頓時更加蒼白了，他害怕地用力拍打狂跳的心臟。

就在沈科那傢伙講到一半的時候，我就已經大致猜出整個劇情，所以也不算太訝異。可旁邊那個嚇得朝我懷裡鑽的沈雪，就不太一樣了，女人就是這麼奇怪的動物，明明非常清楚故事情節，但聽到後還是怕得要命！

「你的意思是說，這裡就是那個沈羽住過的庭院？」我忍不住又向四周打量一眼。

沈科依然是滿臉恐懼，「我不知道具體位置，但是根據故事和這些開花期異常的桂樹來看，應該不會錯吧？」

「但這個故事還有個你忘了講出來的結局吧！」沈雪忍不住從我懷裡探出頭來，緊張地說：「由於找不到沈羽，那些憤怒的家長們就遷怒在他的花木上，他們將他種的花草全都拔出來，放火燒得一乾二淨，而沈羽住過的地方也完全被閒置了。」

「妳是說，沈羽留下的花木，早在一百年前就被銷毀了？」我只感到一陣惡寒，頭髮幾乎也豎了起來。「那我們現在看到的東西又是什麼？」

「鬼才知道。」沈科也是搖頭，他哆嗦著說：「或許是有人為了某種目的，將種子暗自藏了起來，然後再到這裡栽種。」

「那樣也不能解釋眼前的情況。」

我又在銀桂樹上扯下一片葉子，只看見整棵樹都在搖晃，還發出了一陣像是低沉呻吟的怪音。

我們三人頓時被嚇了一大跳。

「這個鬼地方實在太詭異了。我們還是快點離開吧！」沈雪小聲建議道。

我和沈科立刻同意，飛一般地從後門竄了出去。

才一走出院門，剛剛都還陰晦的天空突然變得萬里無雲，道道刺眼的陽光，從天空射下來，害得我們的眼睛一時無法適應。

我用力眨眨眼，迷惑得抬頭望著天空，太陽已經非常偏西了，看了看錶，指針居然到了四點半的位置，但自己明明就記得，進那個院子的時候還沒有到三點，感覺也沒待多久，只不過是聽沈科講了個故事而已，沒想到竟然花了一個半小時。

看來，剛剛的院子真的有古怪。

沈科的故事裡，還有許多的疑點，既然那個沈羽愛花成癡，甚至到了為弄到肥料不惜殺人分屍，那他又怎麼會躲起來，眼看著自己心愛的花木被人砍掉，而不稍加阻止呢？

如果他愛自己的性命勝過愛花，他就不是故事裡那個花癡了，還是另有隱情？突然腦中一道靈光閃過，我頓時大叫起來。

「恐怕，剛才我們看到的院子，就是沈羽一直藏身的地方！」

第八章 根鬚

人類有時是極為愚蠢的動物，就像騎驢覓驢的人一樣，就在他焦頭爛額的時候，殊不知他拚命尋找的東西，就安靜地在他胯下。

沈科和沈雪全身一顫，大腦努力消化著我提供給他們的資訊。

過了許久，沈科才問道：「你是從哪裡得出這個結論的？」

「很簡單。」我向背後指了指，說：「這院子的位置十分隱秘，應該是在外牆和內牆的夾縫之間，通到這裡的路也很難發現，如果我們不是循著小露的腳印一路走來，恐怕聰明如我也會忽略。」

我頓了頓，續道：「而且沈羽是花癡又不是白癡，他當然很清楚殺人償命的道理。那傢伙知道，自己偷偷把本家的小孩殺掉拿來當肥料的事情，早晚會暴露，所以他把自己最喜歡的花木，移植進這個自己偶然發現的院子裡。

「我敢肯定，在那些憤怒的沈家人衝進他的住處時，那裡早就已經成了個空殼子，裡邊的花木都是些次級品，就算全部被燒掉，也不會讓他心痛。」

「那最後沈羽到哪裡去了？」沈雪忍不住疑惑問：「他不可能一直都躲在院子裡不出來，是人都要吃飯吧？而且那個時代家家戶戶都養了狗，就算在夜裡出去偷食物，也很容易被發現，可是故事裡的他，明明就是從此消失不見蹤跡。」

「我又不是他，怎麼可能回答得了妳的問題？」我苦笑起來，轉身凝望著背後的神秘院子說道：「如果我們能好好搜查一番的話，這個院子裡或許就藏著答案。」

沈科默不作聲地回身推開門，準備再次走進那個令人心驚膽戰的古怪房子。

我一把抓住了他，「你幹什麼？」

「我要進去找找。」他沉著臉說。

「你不找徐露了？」我大為驚訝。

認識他很久了，還是第一次見他對某些神秘怪異的事件產生濃厚的興趣，而且他甚至放下了尋找小露這件他認為比他生命還重要的事情，實在太不尋常了。

沈科輕輕撥開我的手，「現在你還能找到小露留下的蛛絲馬跡嗎？恐怕我們找到的線索，已經完全斷掉了。」

見我沉默不語，他的臉上微微露出一絲疑惑，「我感覺裡邊似乎有什麼東西在召喚我，雖然知道那感覺有點莫名其妙，而且非常沒有道理，但就是有那種感覺，我甚至可以模糊地確定，不但沈羽還留在這個院子裡，小露也在！」

我和沈雪對視了一眼，同時被他怪異的表情嚇了一大跳。

「你究竟在說什麼？」沈雪用力擰著他的耳朵，「如果沈羽到現在都還活著，那他豈不是快接近兩百歲了？人有可能活那麼久嗎？退一萬步，就算他能活兩百年，他又是靠什麼生存呢？」

「進去找找就知道了。」

沈科沒有回答，逕自跨進門裡。

我和沈雪無奈地跟了進去。

再次回到了這個不久前才狼狽逃出來的地方，牡丹、芍藥以及桂樹相交錯的空間裡，依然散發著淡淡的詭異，但明顯沒有剛剛那麼濃烈了。

銀桂樹的香味膩得人有點頭暈目眩，花了半個小時，將院中所有的屋子都翻了一遍，我們卻沒有任何值得駐足的發現，應該說是不可能有發現，所有的房間都空蕩蕩的，沒有任何擺設。

「我們走吧！」我拉了拉沈科。

他絲毫沒有理會，只是呆呆地望著正中央那口銅獅子，像在想著什麼。

沈雪也在看著，她的臉上慢慢流露出疑惑，輕輕拉了拉我的袖子問道：「夜不語，你是不是覺得這個銅獅子，有些地方和剛剛不太一樣了？」

我順著她的視線望過去，身體頓時一顫。

那獅子不久前還後望著山頂的頭，不知何時向右偏移了三十多度，它的眼神現在正冷冷地盯著兩株銀桂，我心中一動，走過去抱住獅子的頭，使勁掰起來。

就像以前我常常說的那樣，我並不是個鬼神論者，甚至不太相信它們的存在，雖然遇到過許多怪異莫名的事情，但最後我都找到了理論依據。

當然，有許多依據是自己牽強地用科學去解釋後，再強迫自己相信，或許，我真的是個非常自我矛盾的人吧！但就是這樣的性格，才造就了我天不怕地不怕的膽子，否則，我也沒運氣活到現在。

剛剛我突然想到，或許沈家大宅院子中央的銅獅子的腦袋，可能有機關，能被轉動，這樣倒是順便能解釋，為什麼老祖宗院子的那口超大獅子的頭，會在五天前的晚上突然望向地上了！

如果這個推理沒有錯的話，還可以確定一件事，背後一定有人鬼鬼祟祟地因為某種目的跟蹤我們，或許，他們更希望將我們嚇跑！

可是我的猜測落空了，任憑自己用多大的力氣，將獅子的頭往八個方向轉動，可那玩意兒就是文風不動，死死地和脖子連在一起，我又不死心地爬上去，檢查會不會有自己不小心遺漏掉的開關，甚至將手指插進了那個該死的銅獅子的屁眼裡。

沈雪指著我大笑起來，「哈哈，夜不語，沒想到你居然有這種嗜好，變態！」

我沒好氣地瞪了她一眼：「沒看到我在辦正經事嗎？有閒功夫嘲笑我，還不如幫我檢查下邊。」

「你！下流，誰要……誰要……」沈雪的臉頓時紅了起來，她呸了一聲，飛快地轉過身去。

我有點莫名其妙地撓撓頭，隨後也意識到剛才那句話似乎有點語病，不禁訕訕地笑了起來。

站在銅獅子的腦袋上，視線也開闊了許多，整個院子裡的東西不分大小，盡收眼底……

緩緩將四周掃視了一遍，我突然發現，那兩株銀桂濃密的枝葉後邊，似乎藏了什麼東西。

跳下來，我立刻走了過去，扒開阻礙視線的枝條，以及後邊花壇上的一株株牡丹，一扇黑色的門露了出來。

「沒想到連這種地方也有屋子，哼，這院子果然很古怪。」沈雪湊過頭撇著嘴說。

「或許那個花癡生活過的證據，就在門後邊。」我激動地用乾澀的聲音道，還沒等自己做好心理準備，從後邊冒出一隻手用力將門推了開來。

是沈科！在門吱呀一聲敞開後，他一聲不吭地迅速走了進去。

我皺了皺眉頭，有問題，絕對有問題，這傢伙究竟是怎麼了？自從他講完沈羽那個花癡的故事以後，就變得古怪起來，性格也變得令我陌生了，我甚至不能肯定，在我身邊觸手就可以碰到的他，究竟還是不是原來的那個他。

沈雪也隱約感到不妥，問道：「那傢伙到底怎麼了？」

「別管那麼多，先跟著他再說。」我不動聲色地拉過她小巧纖細的手，走進了屋裡。

進門就是一個不大的房間，擺設很簡單，一組桌椅再加上幾幅花鳥畫，看來應該是客廳。

不過這些擺設上全都鋪滿了灰塵，有些椅子開始風化腐爛，顯然已經有百多年的時間沒人用過，甚至沒人進來過。

屋子裡的地板凹凸不平，有些石板翹了起來，用手敲了敲，聲音很飽滿，下面似乎有東西將空隙全填滿了，我取出刀將其中一塊石板撬起來，露出了一團樹根。

「好有生命力的樹！」沈雪一邊說，一邊全身打了個哆嗦：「不過看起來怎麼那麼詭異？」

「應該是外邊那兩株銀桂的樹根。」我判斷道。

「沒想到你知識這麼淵博，居然能從樹根上判斷出是什麼樹！佩服！」她滿臉不信。

「我可沒那種本事，只是簡單的推理罷了，要知道花的根部不可能伸到這麼遠，所以只可能是樹，說到樹，附近也就只有那兩棵銀桂。」

我微微動了動被她緊抱在胸前的胳膊，不小心碰到了兩團軟綿綿的物體。

沈雪的臉頓時紅起來，我當然不是柳下惠可以坐懷不亂，而且看到一個十分陽光的女孩，居然也有嬌羞的一面，不由得大感有趣，手臂也不安分地趁火打劫亂動起來。

沈雪的臉頰越來越紅，甚至她裸露的手臂上也浮現出好看的粉紅色。她猶豫著想將我的手臂放開，但又害怕。只好輕輕咬住嘴唇，把頭低了下去任我輕薄。

「咦，這也是樹根嗎？」正在我暗自竊笑的時候，她用力掐著我的手臂，用腳在地上踢了踢。

我仔細一看，再也笑不出來了。

這個泛著白色的植物根部明顯不是樹根，而且這種根部自己也並不陌生，是草本植物的根，準確地說，是毛茛科或者芍藥科的草本植物。

「我收回剛才的話。」我沒有心情再調笑，沉聲道：「看樣子，這是植物球根上分出來的根鬚，不知道是牡丹還是芍藥的，沒想到居然能長這麼長……難道院子裡的養分還不夠它們吸收嗎？」

植物拚命將根生長伸長的原因，就只有一個，吸取足夠的水和養分，院子裡的土明顯非常肥沃，但為什麼它們的根部會長到這裡？

還有一點是我不敢說出來的，那就是有球根的毛茛科和芍藥科植物，不論怎麼長，它們的根鬚也不可能長過三公尺，更何況是這個離開花壇有數十公尺遠的客廳。

在客廳的右邊還有一個房間，沈科在我們調查地板的時候，已經打開門走了進去。

我想了半天也無法解釋眼前的問題，最後撓撓頭走過去。

剛一進裡間我就被嚇呆了，沈雪只看了一眼，同樣也是渾身顫抖，滿臉驚駭，最後迅速轉過身子狂吐起來。

□

紅色！血紅的顏色如同液體一般纏繞全身，它們的韌性就像繩子，讓她無法移動，甚至連手指頭微微彈動也做不到。

有個女人，隱約可以看到一個身材曼妙的女人，站在紅霧外邊，可是任憑她怎麼眨眼，也無法看清那女人的樣子，只可以感覺到她在說話，衝自己不斷說著什麼，不過她的話就像她的樣子一般，模糊不清。

那女人似乎惱怒起來，她將手深入紅霧裡，輕輕撫摸起她的臉。那女人的手冷冰冰的，不帶一點溫度。

不知為何，她感覺很害怕，心臟也隨著那女人手指的遊移越跳越快，終於，她的指尖輕輕滑向了自己的脖子，她的手指慢慢在自己的脖子上畫著圈，然後她抓住了自己的肩膀。

突然那女人咧開嘴笑起來，雖然依舊看不清她的樣子，但卻可以清楚感覺到她在笑，笑得十分得意。那張咧開的血盆大口中滿佈著尖利的牙齒，那女人把嘴穿進紅霧裡，向自己的脖子靠近。

越靠越近。

她覺得心臟已經無法再承受恐懼，幾乎要從胸腔裡蹦了出來。

接著，徐露尖叫著從噩夢中清醒了。

她繼續瘋狂地尖叫著，大腦也一陣混亂，過了許久才徹底清醒過來。

徐露睜開眼睛想要打量四周，卻發現周圍沒有任何光亮，她什麼都看不到，只感覺自己是睡在一處又硬又潮濕的地上。

自己究竟是怎麼了？這裡到底是哪裡？

徐露苦思著，雖然她很害怕，甚至怕到希望就此昏過去，可是現實卻殘忍地告訴她，恐懼對現在的狀況沒有任何幫助，更何況心底隱約有個模糊的概念，似乎有人在不斷提醒自己千萬不要再睡覺，只要再躺下，她就再也起不來了！

徐露深深吸了一口氣，掙扎著想站起來時，卻發現有什麼正纏著自己，用手摸了摸，似乎是些樹根，她用力將其扯開，剛抬起腳，身旁就發出了噹啷一聲金屬脆響，像是自己踢到了什麼東西。

徐露趴在地上摸索，最後從地上撿起一把大鉗子。

那把鉗子的手柄上還有些微溫，是體溫？難道這裡還有其他人？

徐露絕望的內心猛地激起一絲希望，她出聲大叫道：「有人嗎？還有誰在這裡？」

即使不能逃出去，只要不是自己孤單一個人待在這種鬼地方，她也會安心得多。

可是現實卻殘酷地讓她失望了，任憑徐露叫破嗓子，也沒有一絲一毫的聲音回應她，只有回音不斷迴盪在這個不知什麼位置的偌大空間裡。

徐露幾乎要瘋掉了，她頹然坐倒在地上，背靠著牆輕輕哭泣起來。

就這樣不知過了多久，自己的眼淚差不多流乾的時候，突然聽到頭頂上傳來一陣輕微的說話聲，中間似乎還夾雜著一陣陣嘔吐。

徐露再也不顧什麼淑女形象，她強迫自己乾澀的嗓子放出高頻的呼救聲，眼中本已經乾涸的眼淚，又不住流了出來，第一次，她感覺自己那麼強烈地想生存下去……

□

沈雪不斷地嘔吐著，不但將午餐吐得一乾二淨，甚至連胃液都吐了出來。

我滿臉驚駭地直直看著眼前的景物，嘴裡喃喃說道：「上帝，這到底是怎麼回事？」

只見不遠處的床上躺著一具屍體。不！那玩意兒早已經算不上屍體了，因為它只留下了一堆骨架和些許毛髮，上邊堆滿了灰塵。

不過這絕對不是讓我驚訝的地方，屍體、骨架什麼的，早就看慣，麻木了，但是現在卻足以讓我毛骨悚然。

眼前無數的草根和樹根從地板下穿出來，那些根部穿進了每一根骨頭裡，它們將屍體緊緊拴住纏住，彷彿那也是它們的一部分。

沈科也從發呆狀態回過神，他使勁地在自己的頭上敲了敲。

「好痛！看來不是在作夢！」他抱著腦袋叫。

見到他一副白癡模樣，我頓時安心了許多，看來他的精神狀態已經回復正常。

「你剛才是怎麼了？」我試探著問。

「我剛才？我沒怎麼啊，跟你們走進這個鬼地方，一開門就看到這幅噁心的畫面。嘔！死小雪，妳害得我都想吐了！」沈科似乎完全忘掉自己剛才古怪的表現，也忘了就是他本人強行要求回院子的。

我深深地看了他一眼，見他雙眸清澈，一副欠扁的模樣，便點點頭說道：「沒事就好，我們來好好研究這副骨架，裡邊恐怕有些驚人的內幕呢！」

我沒有笨到再提起剛才的事情，甚至努力將其扔在腦後，這透著詭異的院子，原本就古古怪怪的，就算發生任何事情都有可能，何況，現在也不是思考那個問題的時機。

我強壓下內心的反感，帶著濃厚的興趣，將眼前的骨架看了一遍又一遍，最後從背包裡掏出一副針織手套戴上，用手翻動骨架。

這玩意兒不知放這裡有多長時間了，不知道死因，也不知道有沒有毒，還是小心點為妙。

沈雪對我的舉動大為好奇，「夜不語，你到哪裡都帶著一大堆東西嗎？我猜你的背包，都可以比得上哆啦A夢的異次元口袋了！」

「要妳管！」我回頭狠狠瞪了她一眼，接著用刀割開根鬚，仔細檢查起骨架的頭部。

「不要管夜不語那個傢伙，他就是這副德行。」沈科拍了拍沈雪的肩膀，用造作的憐惜語氣說道：「他根本就不是我們這個世界的人，妳看，我們哪個人的性格不是要多單純就有多單純，又淳樸又老實，哪裡像他長一副忠厚可愛、老實得要命的樣子，但骨子裡狡猾老奸，不知害了多少美女上當受騙。

「還有，最可惡的是，他那個該死的好奇心，為了滿足自己的好奇心，那傢伙什麼事情都幹得出來，而且一遇到稍微離奇古怪的東西，他就會像聞到屎的蒼蠅一樣，自動靠上去。小雪啊，妳堂哥我鄭重建議妳，千萬不要和那殺千刀的傢伙走太近！」

「你說夠了沒有？」我惱怒地盯著他看，直看得他渾身都起滿了雞皮疙瘩。

「好冷，冬天快要到了，對吧！」沈科訕訕笑著，吹著口哨躲開了。

我將注意力又放回了這堆骨頭上。由於它早已被某些東西蛀得千瘡百孔，我無法判斷他的死因，只能判斷出他是個四十多歲的男性，他的頭蓋骨上也有許多的小洞，有些根鬚甚至都鑽了進去。

這個狀況實在是太詭異了！死者，會不會就是沈羽？

正在我百思不得其解的時候，腳下突然傳來一陣微弱的呼叫聲……

第九章 四人遊戲（上）

沈科的耳朵微微動了動，突然發瘋似的叫起來，「是小露！是她的聲音！天哪，她在哪裡？快找！」

我內心也是一陣狂喜，但強逼自己冷靜下來，我側耳傾聽了好一會兒，這才判斷道：「應該是從地板下邊傳出來的，這房間有密室！」

「那還不快找出來！」沈科狂躁地動手翻開腳下的地板。

我一把抓住了他，「沒用的，除非你能開個挖土機進來，不然就乖乖地跟我去找入口。」我回頭看了沈雪一眼，「小雪，妳的聲音最高，妳負責在這裡大叫，回應小露的呼救，告訴她繼續大聲喊，千萬不要停！」

見沈雪點了點頭，我立刻豎起耳朵在屋子四周慢慢走起來，從裡屋到客廳，再由客廳進到裡屋，我緩緩走動，一絲一毫的細微差別也不放過。

徐露的聲音傳入地板上的屋子時，已經變得甕聲甕氣，這足以說明，我們之間隔了一層至少一公尺的土層，這樣的厚度，是現在的我們絕對無能為力的，根據自己的判斷，既然她能下去，就一定有入口。

那個入口應該隱藏在某個地方，在平時或許我找不到，但現在的情況卻不同，只要能發現徐露的喊叫聲特別大的地方，入口一定會在那裡！

皇天不負苦心人，當我再次走回裡屋時，終於在那具屍骨身下的床旁，發現了密室入口。

「應該在這裡了！」我叫來沈科和沈雪，三人合力將這個笨重的木床移開，頓時，有個黑漆漆的大洞露了出來，即使有光線透下去，也模模糊糊的看不到底。

「小露，是妳嗎？」沈科急切地喊著，他用手緊緊抓住我的胳膊，手心裡滿是緊張的汗水。

喊叫聲傳入洞裡，引起了猶如漣漪般重重疊疊的回聲，天哪，這到底有多深？而且入口裡居然連個下去的樓梯也沒有，蓋密室的傢伙也太沒職業道德了吧！

「是我！小科、小夜，天哪，是你們嗎？」徐露一邊喊叫著，一邊輕輕啜泣起來。

「當然是我們！妳等等，我立刻放繩子下去救妳！」

絲毫不在意盯著我背包發呆的沈雪，我迅速掏出繩子，將一端牢牢繫在門上，沈科立刻迫不及待地滑了下去。

臭傢伙，他到底下去幹麼？應該先把徐露拉上來才對！我暗自罵著沈科。

沈雪在一旁發話了，「夜不語，你有沒有聽過這樣一個笑話？」

「說。」看著她帶著古怪笑容的臉，就知道她想消遣我。

「有一次考試，考卷上全都是是非題，但偏偏有位仁兄得了零分。他的老師十分納悶地說，你小子是不是早就知道答案了，不然怎麼可能全避開正確的答案？呵呵，你說有不有趣？」她不懷好意地笑著。

「妳是什麼意思？」我冷冷說道。

她伸手用力拉住我的臉皮，「你小子是不是早就知道徐露在這鬼地方，不然怎麼你帶的東西都剛好能用上！」

「這可是經驗，我出生就會了，你們永遠也學不來的！」我也不懷好意地笑起來，眼睛在她的身上遊移肆虐，「就像我沒想到，妳的胸部原來也滿大的，嘿嘿，真的看不出來！」

「你！哼，下流！」沈雪似乎想起了剛才的親密接觸，頓時臉一紅，羞得轉過頭去。

我好笑地望著她輕輕顫動的肩膀，說道：「他們這麼久了還沒上來，不知道會不會有事。我下去看看，妳幫忙守著繩子。」

沒等她答應，我已經滑了下去。

洞並沒有想像中的深，大概只有五公尺左右，四周漆黑一片，光線就在頭頂，卻不知為何顯得朦朦朧朧的。

我打開手電筒向四處照去，一層層翻滾的霧氣頓時出現在眼前，空氣裡淡淡的散發著潮濕的泥土氣味，還有一點腐臭。

不遠處，有兩個身影如膠似漆的緊緊擁抱在一起，我走過去輕輕咳嗽了一聲，那兩個人頓時如同觸電了一般，飛快地分開，背靠背僵硬地衝我笑起來。

「小露，妳到底是怎麼到這個鬼地方來的？」我裝作沒看到，輕聲問。

徐露的臉上滑過一絲疑惑，「我也不知道怎麼搞的，一醒來就發現在這裡了！」

「妳不是一個人走進來的？」我有些驚訝。

「怎麼可能，我又沒發瘋！」她的語氣中帶著強烈的不確定，或許，連她自己也不能肯定吧。

我搖搖頭道：「算了，這些事情回去再說，只要人沒事就好。我們先上去吧。」

一回身，差點碰在某個人身上，把我嚇了一大跳，是沈雪，她正安靜地站在我兩個鼻尖遠的地方。

「妳怎麼也下來了，我不是叫妳在上邊守著嗎？」我用力拍著心口大聲道。

「你叫我守著，我就非要守嗎?那我多沒面子。」沈雪原本十分強硬的語氣一轉，突然變得溫柔起來，她用如蚊子般的聲音，委屈地又說：「而且一個人在上邊，人家會怕嘛！」

該死，我居然忘了她只是個女孩子!我有點內疚地輕輕拍拍她的肩膀，走到繩子那裡道：「我先上去守著，你們都快點上來。」

接著拉了拉繩子，用力向上攀爬，繩子隨著我全身重量的左右搖晃，不斷發出「吱咯吱咯」的古怪聲音，我心裡一沉，加快了爬的速度，但那個不祥的聲音越響越頻繁，就在我爬了一半的時候，只聽到「啪」的一聲響，我整個人摔了下去。

我摔在地上時，來不及叫痛，便本能地向右邊翻了開來，幸好逃得及時，隨後地上一陣唏哩嘩啦，放在洞旁的背包、床上的屍骨，都一股腦地隨著繩子掉進了這個地下密室裡。

「小夜，發生什麼事了？」沈科三人聞聲立刻跑了過來，見到我狼狽地坐在地上，不由得都愣了愣。

「看來我們被困在這個該死的地方了！」我苦笑著將手中的繩子給他們看，他們三人頓時倒吸了口涼氣，呆住了。

「夜不語。」沈雪首先反應過來，她用力拉起我，伸手拍著我身上的灰塵，笑道：「早應該建議你減肥了，看看，你重得居然能把這麼粗的一根繩子拉斷掉！」

沈科和徐露沒有太在乎，紛紛說道：「只要你沒事就好。」

「喂，你們說得好像繩子斷掉完全是我的錯！」我沒好氣地邊說，邊仔細查看繩子的另一端。

沈科撇撇嘴，「本來就是你的錯，誰叫你捆繩子的時候不找個結實的地方。」

來不及反駁他，看著繩子斷口的我，臉色已經變得難看起來。

「這條繩子恐怕不是因為捆綁不穩，或自然斷掉的！」我沉聲道，用手指著斷口又說：「你們看看這裡，繩子的四周有被硬物磨過的痕跡。」

「你是說有人故意割斷繩子？」沈科大吃一驚。

我迷惑地搖了搖頭說：「不知道，如果是用刀割開的話，繩子的斷口應該十分整齊才對，可是看這些痕跡，明顯是什麼東西不斷來回摩擦造成的。」

話一出口，我們四個頓時都不由自主打了個冷顫。

「算了，既然木已成舟，還是先到處找找有沒有其他出口再說。」我吐出口氣，有些疲倦地說。

沈雪眨巴著眼睛望著我，又看了看我的背包，突然笑道：「夜不語，你的百寶箱裡，沒有可以讓我們出去的東西嗎？」

我氣惱地瞪了她一眼，「妳真以為我是哆啦A夢啊！」

「生氣了！生氣了！小夜真小氣！」沈雪吐了吐舌頭，就不再說話了。

從背包裡拿出蠟燭，一人發了一支，點燃後，整間密室頓時亮了許多，霧氣似乎也沒先前那麼濃密了。

我這才完全看清楚，原來我們身處的地方，是個大概有三百多平方公尺的正方形空間。地上鋪著石板，而牆壁的土有許多地方已經脫落下來，坑坑窪窪的，上邊還有無數植物的根部冒了出來，想來就是我們在那裡發現的銀桂和芍藥的根。

這些該死的植物，它們的腳也伸得太長了吧！根本就無視植物學的基本理論，要讓瘋子叔叔看到了，不真的瘋掉才怪！

不知為何，一見到這些沒有攻擊力、無法動彈的根部，我就會覺得毛骨悚然，就像它們長滿了眼睛，它們在耐心地等待著，等待一有機會就將我們全部吞噬下去。

□

四個人找了一個多小時，卻絲毫沒有任何收穫，出口似乎只有一個，就是那個我們進來的地方，可惜現在我們也只能眼巴巴地看著它，看著射入的陽光越來越黯淡，最後幾乎暗得張大眼睛也察覺不到了。

看看手錶，已經下午六點半，古雲山的長夜再一次來臨，但不同以往的是，我們幾個沒有待在溫暖舒適的小窩裡，和大家一起吃豐盛的晚餐，而是又冷又餓的背靠背，坐在冰冷的石板上。

「大家都餓了吧？」我疲倦地翻了翻背包，從裡邊拿出一些巧克力和幾瓶礦泉水，遞給他們。

「你還說你不是哆啦A夢！」沈雪一邊接過我手裡的東西，一邊耍貧嘴。

「吃吧妳，別被噎到了！」我看了徐露和沈科一眼，故意拉著沈雪走開了。

「幹麼？」沈雪不知道在想些什麼，臉微微紅了起來。

我將食指豎在嘴上，「噓！給他們兩個一點私人空間，我倒是要看看，那個木魚腦袋會說些什麼東西。嘿嘿，真的滿期待的！」

沈雪大受打擊，使勁掐著我的手臂，「你這傢伙的興趣真惡劣！」

「大家彼此彼此！」我用力咬了一口巧克力，回敬道。

不遠處，那兩個敢情程度連幼稚園都還沒畢業的低能兒，沉默著，這種沉默不知持續了多久，直讓我們這兩個耳朵豎到都痠痛起來的不良嗜好者，大為抱怨。

「那個，小露，我……」沈科總算開口了。

和他背靠背坐著的徐露，微微將頭側過去問道：「怎麼呢？」

「是關於霜孀的事情……我……」

那傢伙嘴角笨拙地想要解釋，徐露立刻冷冷地打斷了他，「霜孀是你的那個未婚妻嗎？她是個好女孩，希望你不要傷她的心。你要知道，你的性格真的不算好，跟著你的女孩是很辛苦的！」

「我和她沒什麼！真的沒什麼！」沈科的聲音大了起來，他猛地轉過身，直直地看著徐露的眼睛：「小露，她只是我青梅竹馬的好朋友，雖然雙方的父母把我們拴在了一起，可是我一直都當她是妹妹！」

徐露全身一顫，她轉過頭，拚命地躲開他的視線，「你幹麼告訴我這些？」

「因為我！我！」沈科結巴了起來。

我和沈雪的心臟頓時提到了最高點。

加油啊，朋友，已經到最後一步了！

我在心裡暗暗鼓舞他。

可惜他白白浪費了我的鼓勵，悶了好一會兒，才好死不死地憋出一句話來，「因為我不想失去妳這個朋友！小露，我們是朋友，對吧！」

只聽「撲通」一聲，我和沈雪雙雙倒在地上。我靠！那傢伙不但遲鈍，而且超級沒膽！當他朋友簡直是丟死人了！

「朋友……哼，是嗎？」徐露淡淡說道：「你放心，就算你打一輩子光棍，我也是你的朋友，我不會感到丟臉的！」

這句話也太毒了點吧！難怪俗話說最毒婦人心，我看被傷害的怨婦，更是毒上加毒呢……

實在不忍心再偷聽下去的我，喝了一大口礦泉水，衝沉默不語的沈雪說道：「妳睏了嗎？肩膀免費借妳，絕對不會趁機占妳便宜的，我可是君子！」

「鬼才信你！如果你都算君子的話，我就是老子了。」沈雪可愛地聳聳鼻子，還是將頭輕輕倚在了我的肩膀上。

我背靠著牆壁，順勢抱住了她。

沈雪任我將她抱在懷裡，眼睛一眨不眨地看著不遠處蠟燭不斷跳動的火焰，輕聲問：「小夜，我們還能不能出去？」

「當然能，沈家人如果發現我們失蹤了，一定會派人來找的。」

「如果他們沒有發現……如果他們找不到我們，又或者我們已經死了，他們才找過來呢？」

「哪有那麼多如果。」我笑起來：「也許搜尋隊等一下就來了。」

沈雪猶自不信，繼續喃喃說道：「我十八歲了，居然連個初吻都沒有就死翹翹了，實在不甘心！」

「這個心願非常容易滿足。」我撥動自己的頭髮，努力做出一副好男人的樣子，「看看妳眼前的男人，強壯、聰明、博學，是個十分理想的初吻對象，考慮考慮。」

「還是算了，和你接吻，還不如下地獄呢！」她咯咯地笑了起來，心情也好了許多。輕輕閉上雙眸，嘴裡還喊著：「夜不語，唱首歌來聽聽，我不聽歌睡不著。」

我頓時苦起了臉，「小姐，我可是出名的五音不全。」

「沒關係，人家想聽你唱嘛。哄我睡著了，姐姐我可是有獎勵哦。」

「什麼獎勵？先說來聽聽，我不收空頭支票的。」

「要我預付嗎？」她睜開眼睛，用明亮的眸子望著我。

「當然要。」我立刻點頭。

「那好，閉上眼睛。」她的臉突然紅了起來。

「要幹麼？」像預感到了什麼，我的心「撲通」地跳個不停。

「人家要你先閉上，不然我可要反悔了。」沈雪的臉更紅了，燭光中，甚至泛出一種耀眼的粉色，令人不由得心血膨脹。

我依言閉上眼。

只感覺有個影子湊過來，將蠟燭的光焰也擋住了，接著一個濕潤滑嫩的柔軟雙唇，輕輕貼在了我的嘴唇上。

這是一個十足青澀的吻，就在甜美的唇想要離開的時候，我咬住了唇瓣，舌頭伸了過去。

唇的主人明顯驚惶起來，她吃驚地想要掙開，卻被我攔腰抱住，就在這瞬間，舌頭又過去了一點，碰到了她緊閉的牙門。

我使壞地捏住她的鼻子，門終於開了，舌頭再也沒有任何阻攔地長驅直入，在她的口腔裡瘋狂攪動，搜索她的每一個角落。

沈雪似乎心理非常不平衡，任我吸吮著丁香玉舌，然後有樣學樣地勾過我的舌頭，笨拙地用力吸吮起來，最後甚至輕咬著我的舌頭不願放開。

這個吻不知持續了多久。

雙唇分開時，我們都大口大口呼吸著空氣。

「你壞！壞！壞死了！」沈雪捶著我的胸口，又怕用力打痛了我。

我不懷好意地嘿嘿笑著問：「初吻的感覺怎麼樣？」

「沒感覺。」她好強地答道。

「那要不要再來一次？」我又使壞地笑了起來。

沈雪頓時將頭深深埋入我的懷裡，使勁兒地搖頭。轉頭一看，這才發現沈科和徐露不知什麼時候依偎在一起睡著了。

我沉聲道：「我們也睡吧，明天還有許多事情要忙。」

沈雪嗯了一聲，雙手八爪魚一般將我緊緊抱住。四周又安靜下來，夜，深了。

第十章 四人遊戲（下）

睡著後，我作了一個古怪的夢。

那個夢非常的模糊不清，以至於我絲毫想不起劇情，但卻有一種強烈的危險感，也是那股危險感，讓我從夢裡硬生生地驚醒。

我喘著粗氣，心臟依舊狂跳個不停。

四周，依然十分寂靜，靜得讓人發瘋，想要抬起頭點燃蠟燭，這才發現自己被什麼纏住了，我用力掙脫開，按亮手電筒向附近照去。

沒有任何異常的地方，這個偌大的三百平方公尺空間裡，就只有我們四個人，如果說硬要找出異常情況，也只有周圍的霧，這些睡覺前早已經散開的霧氣，不知從何時起又濃密起來。

「該死的鬼地方！」我小聲咒罵著，點亮蠟燭，四周頓時明亮了許多。

轉頭看了看倚在牆上正睡得香甜的沈雪，我不禁輕輕笑了笑，沒想到這小妮子睡覺時那麼可愛。

總之，也睡不著了，我站起身準備活動一下筋骨，就在這時，大腦再次響起危險的信號，似乎在提醒自己，有某些重要的東西被忽略掉了，猛地回頭，仔細打量著沈雪，我不禁呆住了。

只見牆上的根鬚不知何時變長了，甚至如亂麻般糾纏在她的身上，想到剛才站起來時遇到的阻力，我頓時明白，那些恐怕也是銀桂樹和芍藥的根。

從來沒有見過植物的根部能長這麼快的，只是短短幾個小時的時間，它們居然可以長得將人纏住……

實在太詭異了！突然有個可怕的想法閃過腦海，我立刻向那堆隨著繩子斷裂後，一同掉下來的屍骨跑去。

這堆骨頭已經被摔得散了架，它們靜靜躺在地上，散發著淡淡的恐怖氣氛，看得我心裡發寒，再也顧不得戴手套，就隨手撿起一根手骨，仔細檢查起來。

越檢查，我越是心驚，臉色也越發地難看，我渾身止不住地顫抖，大量汗水從全身毛孔裡流出來，不是因為熱，而是恐懼！強烈的恐懼，因為，我終於能確定這副屍骨的主人究竟是誰了，還有，他是怎麼死掉的，致命傷口到底在哪裡！

「起來，統統都給我起來。」我沒有絲毫遲疑，粗魯地將沈雪、徐露和沈科一個個都踢醒。

他們三人懶洋洋地揉著眼睛。沈科抱怨道：「小夜，你究竟在發什麼神經？」

「你們先看看自己身上。」我不動聲色地說。

那三人低下頭，都不由愣了愣。

「這些樹根是什麼時候跑到身上來的？」沈雪大驚失色地用力掙開。

而徐露一邊掙扎，一邊偏頭說道：「奇怪了，今天我在這鬼地方醒來時，也是滿身都纏著樹根，真古怪！」

「幸好妳醒得及時，不然連小命都沒有了！」我淡淡地說。

「小夜，究竟怎麼回事？」徐露臉色一白，顯然被嚇住了。

我沒有正面回答她的問題，只是指著那四散的骨頭道：「我確定了，這具死屍就是沈家的花癡沈羽。」

沈科皺緊了眉頭，「不要再玩文字遊戲。小夜，你究竟發現了什麼？」

「我還是先來解釋一下他的死因吧！」我一時不知道該從什麼地方說起，只好撿重要的解釋起，「首先，我要你們知道，他不是自殺，但也不能算是他殺。準確說來，他是在睡夢中因為某種原因死掉的。而凶手，就是那些東西！」

我猛地回頭，從牆上扯斷一截樹根，沈科等人難以置信地叫出了聲來。

「小夜，你沒事吧？是不是睡糊塗了，到現在還沒有清醒？」沈雪關心地用手覆蓋在我的額頭上，「沒發燒啊。」

徐露和沈科畢竟也曾和我一同經歷過些怪異事件，接受能力明顯比沈雪強得多。

沈科看著我手中的樹根，不由得打了個冷顫，但還是對我的話消化不良：「這些只是普通的樹根罷了，怎麼可能要得了人的命？」

「哈，普通？」我冷哼一聲，「普通的樹根和毛茛科球根可能長這麼長嗎？普通的植物根部，有可能幾個小時內，長得將我們所有人的身體都綁住嗎？」

這三個人頓時說不出話來，在他們狹隘的世界觀裡，顯然無法解釋眼前的狀況。

我緩緩蹲下身子，撿起沈羽的頭蓋骨說：「花癡的直接致死原因，恐怕是腦死，傷口就是頭蓋骨上那些小洞。你們比對一下，造成這些小洞的只可能是花木的根鬚，我猜想，可能是沈羽熟睡的時候，銀桂的根從地板下冒了出來，緩緩地靠近他，然後將根鬚從他鼻孔裡伸了進去。

「沈羽並不是立刻死亡，他可能從夢裡驚醒，可惜全身都被樹根纏住，他動彈不得，只能絕望地看著那些樹根不斷深入自己的身體裡，纏住大腦，再緩緩從頭蓋骨上伸了出來，最後因為強烈的疼痛，以及腦部大面積損壞，在幾個小時後才徹底死掉……」

「好噁心！」沈雪和徐露滿臉恐懼，甚至忍不住吐了起來。

沈科渾身在顫抖，他用乾澀的語氣說道：「那些是植物吧，植物怎麼可能……」

「我知道你想說什麼，不過先想想那個故事，沈羽是用什麼當作肥料養花木的？」我不客氣地打斷了他的話，「那些被人血和屍體養起來的銀桂和芍藥，或許因為某種原因變異了，它們可能已經無法滿足僅僅倚靠泥土裡的各種元素以及水生存下去，它們渴血，渴望人類身體內蘊藏的大量養分！這些都是讓它們充滿生機和活力的極品營養。」

我頓了一頓，續道：「知道非洲的食人獅嗎？六零年代的時候，有許多工人深入剛果修建鐵路，大量的工人因為無法適應那種惡劣的環境以及疾病，而死亡。

「鐵路公司為了省錢，常默許工頭將屍體往叢林裡一扔，就算處理掉了，這些屍體引來了飢餓的獅子，那些非洲獅一旦嘗過人肉的滋味，就像吸了毒一樣，再也不會碰任何食物。

「於是，後來食人獅發展到了無法控制的地步，每年都有數以千計的工人，被食人獅悄悄拉進樹林裡吃掉，而母獅子更會教下一代如何捕獵人類。」

我舔了舔嘴唇續道：「那些該死的變異植物，被沈羽移植到這院落後，恐怕就再也沒有讓血液和屍體滋養了。已經被慣壞的植物們，終於忍不住了，所以它們開始自己想起辦法，它們瘋狂地生長根部，然後如同蛇的舌頭一般靈敏地尋找養料，終於，它們找上了自己的主人！」

「不用再解釋了！該死！你說我們現在該怎麼辦？」沈科抱住頭絕望地吼道：「出不去是死，待在這裡也是死，天！乾脆在我脖子上劃一刀，直接將我結果了。」

「我有個很簡單的辦法，我們四人坐一起互相監視，千萬不能睡覺！」我緩緩掃射他們的眼睛，「這些植物似乎能察覺人是否處於清醒狀態，只要是清醒的人，它們就不會攻擊。」

「那我們還不如讓一個人來守夜，其餘人先睡。」徐露建議。

我搖了搖頭，「行不通，這些植物無孔不入，不知道從什麼地方就穿進身體裡了，到時候怎麼死的都不曉得！」

彎下身撿起一旁的繩子，我苦笑起來，「現在想想，繩子斷口上那些古怪的摩擦痕跡，恐怕也是那些植物搞的鬼，它們鐵了心，想要將我們困在這裡，儲存起來當食物。」

想了想，我轉過頭衝沈科說：「還有一點，我早就在懷疑，為什麼一百多年前，你們沈家的老祖宗要命令後宅的人全部移到前宅去住，恐怕也是因為常常有人猝死，而且找不出任何原因吧，這才將好好的後宅封起來！」

沈科回憶著，最後遲疑地點頭，「我確實曾聽說過類似的事情。一百多年前在後宅，確實有許多人一夜間死亡，在他們身上總會發現許多小孔，而且身上的血肉全都被吸得乾乾淨淨。當時有人猜測是鬧鬼，還有人說是瘟疫，總之，弄得每個人都人心惶惶的。」

我聲音沙啞地乾笑起來：「就是這個了！沒想到吃了人血人肉的植物，竟然變得會思考、會耍詭計，難怪常常有人說，人肉是最好的補品呢。」

看了看錶，凌晨二點二十五，離天亮還很早。

四個人依照我的建議，在密室的正中央面對面坐了下來，我在手裡緊緊地握了一把鋒利的美工刀，和他們相互哈拉著各種亂七八糟的事情，儘量讓自己保持清醒，說到最後，我甚至也忘了自己究竟在說些什麼，麻木的嘴巴似乎已經不再屬於我。

疲倦不斷摧殘侵蝕著身心，我的身體搖搖晃晃、東倒西歪，終於眼簾一閉，睡著了……

再次清醒過來，是因為背上的刺痛，無數植物的根從密室的地板下冒了出來，它將我們牢牢地綁住，有些根鬚甚至已經刺穿我的皮膚，侵入到肌肉和血管裡。

我大呼僥倖，還好及時醒過來，否則我們一行四人就這樣冤枉地死掉，太不值得了！

用手裡的刀割開牢固的根鬚，我跳起來狠狠一人踹了一腳，這種粗魯的方法立刻起了效果，沈雪三人暈乎乎地醒了過來。

「該死，居然又睡著了！」沈科等人，低頭看到自己的身體，被植物的根有如綁粽子般嚴嚴實實包裹了起來，頓時嚇得臉色煞白。

「還算我運氣好，醒得不早不晚。」我將他們放出來，淡淡說道：「而且幸好我為了有備無患，在手裡握了一把小刀，不然我們要不了多久，就會變得和那堆骨頭一樣了！」

徐露打了個冷顫，恐懼地盯著沈羽的骨架，驚惶失措地抱頭道：「我才不想變那種樣子！」

「那就都給我想辦法！」我大聲吼起來，顯然心情非常不好，「看到這些霧氣沒有？雖然裡邊濕氣很重，但絕對不是水霧。恐怕是這些該死的植物搞的鬼！」

「這些霧也有古怪？」

沈科在找到徐露後，暴增的樂觀態度，已經被一連串不樂觀的狀況消磨殆盡，現在的他就如同鴕鳥一樣，一聽到風吹草動，就把自己的頭深深埋進臂彎裡。

沈雪猜到了我的意思，輕聲說：「我聽說，有些植物的花粉能讓動物昏迷，然後喚來和它有共生關係的動物，將其吃掉。」

我點了點頭，「我猜，這些植物的根也許能分泌出某些催眠氣體，要想強迫自己保持在清醒狀態，根本就不可能。剛剛我對過錶了，現在是三點一刻，雖然並不知道那些該死的植物，究竟要花多少時間才能長到將我們纏住，但我們絕對不能坐以待斃！」

頓了頓，我又高聲說：「五十五分鐘！我們上次僅僅睡了五十五分鐘，就被包成了粽子！不能再重蹈覆轍，一定要想出一個既可以保持清醒，又可以抽空睡覺的辦法。只要熬到了天亮，或許救我們的人便會順著我們留下的痕跡，找來了。」

沒有人願意死，更何況，是死在這個陰森森的地方給花木當肥料。

我們四個挖空心思，將自己腦中所有的辦法都想了一遍，但還是得不出任何結論。

「對了！可以玩四人遊戲啊！」沈雪突然高興地笑了起來，「我從前在忘了叫什麼名字的雜誌上，看到過這種遊戲，倒是滿適合現在的情況。」

「說來聽聽！」我總覺得這個名字很耳熟，但就是想不出個所以然。

沈雪興高采烈地道：「遊戲方法，就是在一個長方形或者正方形的屋子裡，四個人分別站在四個角落上。首先A第一個出發，走到B的地方拍B的肩膀，然後留在B的位置上。而B則走去拍C的肩膀，如同接力賽跑一般，不斷迴圈下去！」

「好主意！」我頓時激動地站起身：「就玩小雪妳說的遊戲，不過規則要稍微改一下。這個密室是中規中矩的正方形，面積大概是三百平方公尺，也就意味著，每一條邊長約十七公尺左右。

「我們依次按照我、沈雪、沈科、徐露的次序，站在各個角落，然後由我先開始走邊，這樣每個人至少都能睡上十多分鐘！」

其餘的人也都對這個主意讚不絕口。

不知為何，我的內心裡總有一絲不好的預感，似乎這遊戲本身存在什麼問題，但不管自己怎麼想就是想不起來，最後只好放棄再繼續探尋。

這遊戲是我們生存下去的唯一辦法，就算有問題，也顧不得那麼多了……

等所有人依次站到自己的位置時，遊戲正式開始。我緊緊握著手電筒，順著牆向前走，兩分鐘後便看到了沈雪，拍了拍她的肩膀，將手電筒遞給她。我站在她曾經待著的角落裡，靠牆閉上了眼睛。

大腦內似乎有東西在不斷翻騰著，或許是受到霧氣的影響，思維漸漸變得模糊，越來越模糊……

不知過了多長時間，只感到有人在輕輕推著我。

我慢慢醒了過來，麻木地接過手電筒又向前走去，就這樣，遊戲在睡著、被叫醒、移動、再睡著、再被叫醒中不斷持續。

早就已經忘了自己移動到了哪個角落，也忘了這根手電筒接力棒被傳到自己手裡有多少次，漸漸腦中麻木的感覺在消退，大腦也緩緩靈敏地運作起來。

突然有些資訊竄入了自己的意識裡，我頓時停住腳步，嚇得完全清醒過來。

四人遊戲！

記起來了，終於想起這個遊戲究竟有什麼不妥的地方，以及內心的那絲不安，因為剛剛才記起，這個所謂的四人遊戲，根本就不是四個人能夠玩耍的遊戲！

我大喊了一聲，膽戰心驚地將所有人都叫醒，集合起來。

「又怎麼了？」沈科打著哈欠，懶洋洋地問。

「各位，我要告訴你們一個十分遺憾的消息，希望你們聽了不要害怕。」我面帶苦笑，聲音因恐懼而微微顫抖，「是關於四人遊戲的事。」

「難道這個遊戲有問題嗎？」沈雪顯然也沒睡醒，用力揉著眼睛。

「不但有問題，而且問題很大！」我用儘量平靜的語氣道：「我剛剛才想起，這個遊戲的原名，它叫隅婆樣，源自日本的江戶時代。」

「那又怎樣？難道你對日本的東西有抹殺一切的過激情結？」沈科現在還不忘苦中作樂，趁機消遣我。

「為你們講個故事好了，聽完後，你就會知道這個遊戲有什麼不妥。」我懶得理會他，深深吸一口氣，臉上苦澀的笑容更加苦澀起來。

該死的二十多個小時，早知道走進後宅會遇到那麼多匪夷所思、怪異莫名的東西，我就多拉幾個替死鬼下來墊背了。

舔舔沒有血色的嘴唇，我開始講起來，「那是發生在日本的真實事件。忘了事情發生的時間，總之，有一支五人的登山隊在爬雪山的時候，遇到了山難，其中一個人不幸死掉了，於是剩下的四人繼續向山下逃，終於在山腰的地方，發現了一棟小木屋。

「但雪山上非常冷，無法生火避寒的他們為了熬過漫漫長夜，也為了讓自己不會一覺不醒，活活被凍死在睡夢中，於是建議玩類似隅婆樣的『史克維爾』遊戲。

「他們四人就如同我們一樣，在漆黑的小屋裡不斷移動，最後終於熬過寒夜，第二天順利下了山。」

「完了？就這樣？」徐露有點遲疑地問。

我輕輕搖頭，「奇怪的事才開始呢！在山下，記者詢問四個人究竟是靠什麼活下來的。他們便將當時的情況講述了一遍，有些見識的記者們頓時嚇得大驚失色。你們知道為什麼嗎？」

眼前的三人同時迷惑地搖頭，我想要笑，卻只能在嗓子裡哼出比哭還難聽的哧哧聲，「很簡單，因為隅婆樣，僅僅靠四個人根本就不可能完成。」

「你說什麼！」沈科等人頓時嚇得跳了起來。

沈雪渾身都在顫抖，原本口齒伶俐的嘴甚至結巴起來，「你有什麼證據？我們明明就玩得好好的，而且玩了那麼久。」

見他們的腦袋還沒有開竅，我冷哼了一聲。

「很好，我解釋到你們懂。」說著，順手撿起沈羽的一根手指骨，在地上畫了個正方形。

「你們看清楚，ＡＢＣＤ四點上，分別站著，我、沈雪、沈科和徐露。當我走到Ｂ的位置，Ａ就自然空了出來。接著沈雪走到Ｃ，沈科走到Ｄ，而徐露則來到了根本就沒人的Ａ位置，既然沒人，她當然也不可能拍到誰的肩膀。順推過來，也根本不可能再有人去叫醒我。但我們卻將這個不可能完成的遊戲，完成了……」

一股陰寒，不由得從所有人的脊背上冒了出來。

沈科直嚇得頭皮發麻，他恐慌地一字一句說道：「那究竟徐露拍到的是誰？又是誰叫醒了你？」

「不知道。」我只感到一陣陣的寒氣在身體裡亂竄，恐懼第一次那麼強烈，強烈到彷彿有實體般，甚至開始凝固起來，我幾乎快被自己的恐懼淹沒、凍結。

該死的好奇心，不合時宜地又旺盛地熾熱起來，我偏頭想了想，恨恨地道：「再玩一次那個隅婆樣，這次還是我先，我倒要看看，究竟是誰跑來叫醒自己！」

「我不玩，絕對不玩！」沈雪哆嗦著說。

沈科也渾身打顫，他抬起手看了看錶，突然如釋重負地說道：「我看我們也不需要玩那個遊戲了，小夜，現在是早晨七點一刻，天亮了……」

□

天果然已經亮了。

黯淡的陽光從入口處懶洋洋地撒了進來，密室裡的霧氣一接觸到光線，立刻如同觸電般退縮、消散。

我們四人同時渾身無力，疲倦地坐倒在了地上。

人類就是這樣，懼怕黑暗，甚至懼怕黑暗裡那些未知的東西，就算他明明白白的清楚，自己身旁根本什麼危險也沒有，但身處黑暗中還是會怕，怕得瘋掉，更何況是被黑暗包圍，隨時都會死翹翹的我們。

或許陽光對那些植物並不會產生什麼作用，可是我們都長長吁了口氣，心裡頓時安心了許多。

「夜不語，你說的那個什麼隅婆樣，到底是怎麼回事？」沈雪一見天亮，膽子似乎也大了起來，忍了一會兒，終於好奇地問。

「那是一種基於人類對黑暗密室的恐懼產生出來的遊戲。許多人都認為，這個遊戲裡蘊藏著某種力量，可以召喚已經死去的亡靈，參與遊戲中。

「換句話說，它本身就是一個召喚陣，再加上四方形的空間，比較容易召來靈體的特性，所以也可以看作是一種外行人也能玩的召魔遊戲。」解釋完，我又加上一句：「不過，這個遊戲實在太危險了。」

「你的意思是，我們昨晚多出來的那個人，不是人？」沈雪剛剛才恢復血色的臉，又嚇白了。

我沒有正面回答她，只是略有深意地望著手中那根屬於花癡沈羽的小指骨，彷彿那是一件不可多得的藝術珍品。

「那個雪山驚魂的故事最後，有個記者給出了一個大膽的猜測，妳想知道嗎？」我說。

「想。」沈雪用力吞下一口唾液，用力點頭。

我笑著將那根小指骨放到她眼前說：「那個記者認為，是登山隊那個死掉的隊員，從地獄裡爬了上來，就是他的參與，才使得遊戲能繼續下去，其餘的人也才沒有因此凍死。」

沈科和徐露一聽，頓時也被嚇得臉色煞白。

「如果沒有第五個人來叫醒小夜，讓遊戲不斷繼續下去，那我們現在恐怕已經……」沈科自覺地閉嘴，沒有再將倒楣話說下去。

「那昨晚究竟是什麼東西救了我們？」徐露十分迷惑。

我深吸口氣，將手裡的小指骨扔出去，打在沈羽的頭蓋骨上，發出啪的一聲響。

「其實這個密室裡除了我們之外，應該還有一個不是人的東西。」

「不是人的東西？那是什麼？難道是鬼！」徐露恐懼地用力捂住了嘴。

「不知道能不能稱呼它為鬼。」我淡淡道：「但我隱約可以感覺到，這個該死的沈家後院裡，有某種超出我們認知範圍的超自然力量存在。花木的變異，不但是受了人的精血以及屍體的影響，更是受到了它的刺激。在這種我們無法理解的地方，沒有身體，只剩下骨架的人活過來，又有什麼稀奇呢？」

說完後，不等其餘三人做出反應，我已經逕自走到沈羽的骨架前，狠狠踢了一腳，那傢伙大腿骨上的好幾根骨頭，頓時飛了出去。

「你幹什麼，就算生氣也沒必要虐待死人吧！」沈雪忍不住叫出聲來。

我冷笑一聲，「死人？不錯，它確實是死人，不過，妳有見過普通死人的骨頭會自己拼湊回原樣的嗎？」

「你是說這些骨頭……我的天！」沈雪一經我提醒，立刻醒悟過來。

她突然記起，沈羽的骨頭早在昨天掉下來的時候，已經被摔得四散在密室的各處，但眼前的骨架卻整整齊齊地拼在一起，除了小指骨和剛剛被我踢飛的幾根腿骨，其餘的骨頭，一根不少的不知什麼時候回復了原樣！

沈科和徐露也意識到了這點，不禁驚駭地指著那堆骨頭，什麼話也說不出來了。

我冷靜地坐下，掏出礦泉水猛喝了一口。

我不是聖人，一天多的時間裡，經歷了那麼多詭異的事情，即使是聖人，恐怕也會絕望地抹脖子自殺，但我不能，我要活下去，和朋友們一起安全地離開這個見鬼的地方。

辦法！必須要想一個能碰到入口的辦法！我抬起頭望著五公尺高的高處，那個透著光亮的出口，讓我第一次產生了無力感，就算是籃球飛人，恐怕也不能抓到五公尺高的地板吧！

撐竿跳呢？如果能讓自己找到一根四公尺長的竿子，我倒是可以嘗試一下。該死！難道真的什麼辦法也沒有！真的只能待在這個該死的地方發黴、死掉，然後被那些怪異的植物當作肥料，吸收進體內？

沈雪輕輕爬到我身旁，用手擦拭著我滿臉的汗水。

「想什麼呢？」沈雪問。

「沒什麼。」我遲鈍地笑著，抓住她柔若無骨的滑膩小手。

她沒有抽回去，只是任由我握著，又問：「你說，昨晚救我們的，會不會就是沈羽的鬼魂？」

「我從來就不信什麼鬼鬼神神的東西，那玩意兒，只是人類自己對自己的恐懼罷了。是不是存在，我無法置評，而且妳剛才得出的結論，我早就考慮過了好多次，最後還是沒有任何頭緒。」

我頓了頓，續道：「如果非要給妳個答案的話，我更偏向於，是沈家後院那股超自然力量，操縱沈羽的屍骨幹的。」

「哼，你說得比鬼神論還玄，按照你的理論，那股所謂的超自然力量，應該是想要我們的命的，為什麼昨晚反而會救我們？」沈雪撇著嘴反駁道。

我搖了搖頭，「不知道，我也是百思不得其解，或許是那玩意兒感覺玩我們很有趣，又或者突發善心想要放過我們。當然，最有可能是因為我們還有利用價值，它需要經由我們去做某件事情，達到某種目的。」

「等等！」她大聲打斷了我，「你說的那股力量也太擬人化了吧，居然還會思考，還會用陰謀詭計！這根本就是不可能的事情！」

「那院子裡那些銀桂和芍藥，妳又怎麼解釋？」我望著她的眼睛，一字一句地說：「它們那些原本沒有思考能力，甚至不能動的花木不也在算計我們，想要弄死我們當它的肥料嗎？既然植物都可以，那還有什麼事情是不可能的？」

沈雪一時語塞，愣愣地再也說不出話來。

就在這時，我聽到上邊隱隱傳來一個低啞的喊叫聲，用力捶著腦袋，我頓時激動地從地上跳起來。

「我們在這裡！喂，誰在上邊，救命啊！」

我們四人一起大叫，瘋狂地叫，叫得徐露和沈雪眼淚都流了出來。我的眼眶裡也滿是濕潤，那是劫後餘生的狂喜。

上帝、玉皇大帝、耶穌……該死的，不管你們在不在我頭頂的天空上，我還是要感謝你們。我靠！終於可以逃出這個快要讓人瘋掉的鬼地方了……

□

上邊的喊叫聲越來越近，最後進了屋子裡。我仔細辨別了一下，是沈科的叔叔沈玉峰。他循著我們的呼救聲找過來，然後從密室的入口處探出了頭。

「老天，你們這些小傢伙怎麼跑到下邊去了？」他惱怒地大聲喝斥道。

我用力將繩子扔了上去，高聲喊著：「要罵等一下讓你罵個夠，先把繩子放下來讓我們上去。」

沈玉峰點點頭，綁好繩子將我們一個一個拉了上去。

「現在該告訴我了吧！你們這些傢伙幹麼跑到後宅來？」他沉著臉剛想開罵，突然見到徐露爬了上來，頓時驚訝地瞪大了眼睛：「天哪！你們在哪裡找到這個失蹤的小妮子的？」

「叔叔！」沈科激動地一把將沈玉峰抱住，還不由分說地狠狠親了他一下，「居然還能見到你這副可愛的尊容，我真是太高興了！哈哈哈，老子就是福大命大，總算逃出那個鬼地方了！」

「臭小子，噁心死了！」沈玉峰反射性地將他推開。

沈科立刻不屈不撓地又貼了上去，興奮地問：「叔叔你是怎麼找到我們的？這鬼地方可不好找啊。」

沈玉峰沒好氣地說道：「你們這些小子把整個後宅都翻了天，跟著你們留下的痕跡，想找不到都難啊。」

我和沈雪對視一眼，同時苦笑起來。

說實話，我們真的是將後院來了個大掃除，院子裡的草幾乎都被剃光了，順著那些光禿禿的痕跡，就算再隱秘的地方也不難找到。

「沈叔叔，我們消失的一天裡，沈家有沒有發生什麼大事情？」我關切地問。

既然自己猜測沈家隱藏著某種人類未知的力量，那麼，那種力量不應該僅僅局限在後宅這塊土地上翻雲覆雨，前宅，應該也有些變化。

沈玉峰想了想，然後搖頭，「所有人都忙著找你們這些兔崽子，哪還顧得上去想什麼異常的東西，不過……」他皺起了眉頭，續道：「今天早晨從山下上來了一個人。」

「真的？」我頓時高興起來，「我們總算可以和外界聯絡了！」

沈玉峰的臉上流露出一絲苦笑，「很抱歉，你的願望落空了。那個人的車只停了十多分鐘，等我借了他的車鑰匙想要下山時，才發現他的輪胎不知什麼時候破了！」

「什麼！」我們四人同時驚叫起來。

我冷靜地思忖了一會兒，沉聲問：「你知不知道上來的那個人是做什麼的，他不可能無緣無故地上古雲山吧？」

沈玉峰哼了一聲，「他是沈家世代相傳的風水師，據說，沈家大宅的格局就是他的祖先設計的。」

第十一章 屏風鏡

什麼是風水？什麼又是命運呢？風水與命運，或者家宅的平安之間，究竟有著怎麼樣的關聯？這是人們千百年來不斷研究探討的問題。

透過幾千年來不斷的積累，風水學儼然已經成為了一種囊括天文學、地理學、環境學、建築學、規劃學、園林學、倫理學、預測學、人體學、美學於一體，呈總匯性極高的一門學問。

而且對「風水」的解釋，在古書中也有眾多的論述。

例如《葬經》中記載，「氣乘風則散，界水則止，故人聚之使不散，行之使有止，故謂之風水。」又說：「深淺得乘，風水自成。」

《青烏先生葬經》說：「內氣萌生，外氣成形，內外相乘，風水自成。」

而《風水辨》也云：「所謂風者，取山勢之藏納，土色之堅厚不沖冒四面之風，與無所謂地風者，也所謂水者取其地勢之高燥，無使水近夫親膚而已若水勢曲屈而環向之，又其第二義也。」

在《地理人子須知》中也有提到，「地理家以風水二字喝其名者，即郭〈璞〉氏所謂葬者乘生氣也。而生氣何以察之？曰，氣之來，有水以導之；氣之止，有水以界之；氣之聚，無風以散之。故曰要得水、要藏風。又曰氣乃水之母，有氣斯有水……」

似乎許多人都認為，只要將先人葬在一個風水極好的地方，此後子孫就將飛黃騰達，變龍作鳳，而住宅的風水更是重要，住家裡有敗風水的東西或設計，是絕對不可取的，一旦家裡有犯忌的東西，輕則雞犬不寧、六畜不安，重則流離失所，甚至家破人亡。

至於風水師，那是一種專為人卜宅、相宅、圖宅、青烏、青囊、形法、地理、陰陽、山水之人，又被稱之為陰陽師、地理師、堪輿師、地仙等等，舉不勝舉。

總之，他們上能騙鬼，下能騙人，有一張非常厲害的嘴，可以說得讓你乖乖地將口袋裡的錢全都掏出來。

不知為什麼，我對這些騙鬼的人總是沒有任何好感，這些玩意兒就如同星座算命一般，有著千年的文化底蘊，所以才騙得了人，沒任何理由，我對它們就是有偏見。

回到前宅，路過老祖宗房門前的時候，我遠遠的看到了那個所謂的沈家御用風水師，他那副賊眉鼠眼、其貌不揚的樣子，也確確實實能令我產生偏見。

一路上，我見沈玉峰將我們幾個曾進入過後宅的痕跡掩飾得極好，不禁十分納悶地問：「難道擅自進入後宅，後果很嚴重嗎？」

「嚴重，哼。」沈玉峰冷哼了一聲，「二十七年前，我就是因為跑進後宅，被老祖宗從此趕出沈家，如果要讓那個老頑固知道你們也進去過，你說後果嚴不嚴重？」

我暗自吐了下舌頭，「有沒有搞錯，那地方，根本就是武俠小說裡描述的後山禁地諸如此類的東西！」

「原來叔叔也進去過，我怎麼從來都沒有聽人提起？叔叔，你當時進去幹麼？」沈雪好奇地問，因為終於逃出那鬼地方，她明顯心情大好。

「沒什麼大不了的事，年少無知罷了。」

沈玉峰神色一黯，接著又燦爛地笑起來。

我用力拉了拉沈雪，示意她不要再提，雖然和他接觸不多，但我還是隱約清楚沈玉峰的為人，能被他稱為「大不了」的事情，絕對小不了，恐怕又是一段傷心的癡情往事吧。

回了入住的院子，我痛快地洗了個澡，然後跑去風水師停車的地方。不知為何，心裡總是對交通工具被破壞的事耿耿於懷。

如果是人為的還好，不管是誰、出於哪種目的，我都有信心把他揪出來，就怕不是人為的……那就麻煩了。

那風水師的車並沒有開進本家，而是停在沈家大宅前的空地上，是一輛三菱越野車，不過現在，它的四個輪子都軟趴趴地癱了下去。

我蹲下身仔細檢查著，最後卻得不出任何結論。

車輪是被砸破的，但並不是用利器，我甚至判斷不出，究竟有什麼東西可以造成眼前那種古怪的口子。

破口參差不齊，像是被鋸子磨過，又像是沾上了濃度極高的腐蝕性液體，外表的膠質物整個都融化了。

總之，這輛車除非換掉四個輪胎，否則是不能開了，煩惱地用力搖搖頭，我心情非常不爽地站起來往回走。

穿過筆直的大道，就看見有個身材俏麗的女孩，靜靜地站在沈家大門前，眼神呆滯，身體也在微微顫抖著，像是看到了什麼可怕的東西，等到走近以後我才發現，她竟然是被沈科那個木魚腦袋甩掉的未婚妻沈霜孀。

「小孀，妳在想什麼？」我輕輕拍了拍她的肩膀，她卻嚇得如同觸電般跳了起來，望向我的眼神裡也滿是恐懼。

「妳到底怎麼了？」沒想到她的反應會那麼大的我，也是吃了一驚。

「你是夜不語吧？」她驚魂未定的拍著胸口，冷冷問道。

「妳沒記錯名字。」我點頭。

「我絕對不會放棄阿科的，就算用命來賭，我也要把他重新奪回來！」

「這段話要我轉告給他嗎？」我突然覺得這個女孩很可悲，該死的沈科，真想狠狠扁他一頓。

沈霜孀略微一想，搖了搖頭。

她嘆口氣說道：「夜不語，你知不知道，沈家為什麼幾百年來，都很在乎家族的風水？」

「我怎麼可能知道？」我笑起來，笑得非常勉強。

她深深看了我一眼，淡然道：「你們去過後宅了吧！放心，我不會告訴任何人的，我不想阿科被責罰。只是，你們在那裡有沒有遇到過什麼古怪的事情？」

我愣住了，臉上滿是驚訝。

「呵呵，看你的反應就足夠了！」沈霜孀突然開心地笑起來，原本深刻在臉頰上的陰霾，頓時一掃而空，她越笑越興奮，最後笑得捂住肚子彎下了腰。

我不禁摸了摸自己的臉，難道剛才的表情真的有那麼好笑嗎？

「謝謝你，我心情好多了！」她笑咪咪地向我微微一鞠躬，走了，剩我莫名其妙的一個人的站在原地發呆。

唉，沈家人，果然是沒有一個正常的！

不過，那個沈霜孀絕對是看到了什麼令她害怕的東西，不然她不會那麼惶恐，但究竟她發現了什麼？

我來的時候並沒有看到她的身影，也只在空地上待了一刻鐘的樣子，如果有事情在沈家大宅的門前上演，應該也就是在這十五分鐘之內。

短短的九百秒，會發生什麼可怕的事情，而且又碰巧讓她遇到了呢？

我向四周望去，附近靜悄悄的，清風吹過樹梢，發出一陣陣單調的沙沙聲，除此以外，就沒任何值得注意的地方了。

對了，還有一隻烏鴉，一動不動地站在不遠處的樹枝上，牠沒有叫，只是用黑漆漆的眼睛一眨不眨地盯著我，看得我頭皮發麻。

我打了個冷顫，隨手撿起一塊石頭向牠扔去，那該死的東西居然沒有躲，石塊準確地擊中了牠的腦袋，烏鴉頓時一聲不吭地從樹上摔了下去。就在牠僵硬的雙翅快要碰到地面的時候，整隻烏鴉消失不見了。

絕對是突然消失的，自始至終，那烏鴉沒有動彈過絲毫，就如同根本沒有生命一樣，我用力地揉著眼睛，直愣愣地望著烏鴉消失的那塊土地，甚至走過去，從地上抓起了一把泥巴，但卻連鳥毛都沒有找出一根。

實在是太古怪了！

我全身哆嗦起來，用力捶著腦袋，飛快地向本家走去。

該死！最近遇到的怪異事情太多，大腦也開始秀逗起來。

幻覺！剛才的一切都是幻覺！絕對是因為最近乾燥的因素，使光在密度分佈上不均勻的空氣中傳播時，發生了全反射狀況，由空氣中光線折射率不同的許多水準氣層，產生了局部海市蜃樓現象。

我催眠自己去相信那種自欺欺人的想法，再也不去想，那塊石頭為什麼能碰到被自己斷定為海市蜃樓的烏鴉，最近發生的事情實在太多了！怪異，讓人無法解釋，甚至能要了人命的東西，早已令我的大腦超負荷運作，再找不出突破口的話，恐怕會如同定時炸彈一般，隨時都會爆裂開。

微微閉上眼睛，腦中不由自主的，又浮現起沈家後宅那些會搞陰謀的變異植物身上，總認為它們的後面，有一股我無法理解的力量在暗地裡控制著。它放了我們一條生路，究竟是福還是禍呢？還是說，它也在策畫著什麼，只等待時機一到，便會將沈家裡所有人全都吞噬下去？

□

再次回到沈科的舊宅時，沈科和沈雪已經圍著徐露，坐在大廳裡。

我衝他們點點頭，問道：「小露，現在妳可以將自己怎麼跑進那個鬼密室裡的詳細經過，講出來聽聽了吧？」

在花癡沈羽所住的那個宅子裡，因為大家隨時都有生命危險，也就沒人有心情提出這個問題，其實我心裡也滿是疑惑，她究竟為什麼會去那種地方？

徐露低頭沉吟了一會兒，這才微微苦笑著說：「說出來，我怕你們不會相信。」

「說來聽聽，我們沒理由不信妳！」我笑著鼓勵道。

她看著我，又望著好奇的眼睛裡都迸出無數小星星的沈雪，嘆了口氣，將房間裡的事情敘述了一遍，直講到從密室裡醒來……最後無奈地說：「其實，我真的不知道自己為什麼會在那裡。」

我和沈科對視一眼。

「妳說醒來後，妳的手碰到了一把大鉗子？」我問。

「嗯，有什麼問題嗎？」徐露迷惑地問。

「沒什麼，只是單純的好奇罷了。」沈科立刻大搖腦袋，神色卻不由得暗了下來。

其實他和我都十分清楚，通向後宅的小門是被一把鉗子夾斷的，而進入後宅之後，也只找到過她一個人的足跡，沒有人和她在一起，這就意味著一個很大的問題……

根據徐露的描述，她在滿屋紅光中暈了過去，那麼她可不可能在暈過去後開始夢遊，從工具房裡拿了鉗子，夾斷鏈子鎖，獨自一人跑進那個藏得十分隱秘的院子裡，然後推開躺著沈羽屍骨的床，露出密室入口，之後跳了下去？

我頓時大搖其頭，這個猜測實在太唬爛了！

先不說她在夢遊的時候，怎麼可能知道，那個就連沈家歷代老祖宗也不知道的秘密庭院，就算是知道，她這一連串清晰的舉動，也早已超出了夢遊的範疇。

難道……是鬼上身？

我在沈雪和沈科的眼神裡看到了相同的猜測，三個人同時打了個冷顫。

「是不是我有什麼麻煩？」徐露眼見我們不斷用眼神交流著她看不懂的東西，不禁嗔怒道：「說出來，不要眉來眼去的，你們是不是有東西瞞著我？」

「怎麼可能！」我打著哈哈從椅子上站起身，說：「我們去老祖宗那裡吧，剛才我打聽到，沈家御用的風水師就要勘測整個宅子的風水了。嘿嘿，就當去湊熱鬧。」

「小夜！剛剛的事情給我說清楚，不要想就這樣逃掉！」徐露伸出手來想拉我，被我靈敏地躲開了。

「沈科應該很榮幸為妳解釋的。」我飛快地閃人，將那顆爛球拋給了頓時變得愁眉苦臉的沈科。

出門躲進洗手間裡，從窗戶縫看著他們三人打鬧著走遠，我臉色沉重地推開徐露的房間，略微一遲疑，走了進去。

小露身上的謎團實在太多了，多到我甚至不敢將自己的懷疑講出來，只是隱約感覺，她的房間裡，一定有一個十分關鍵的東西，那個東西會解開許多疑惑，或許，就是床邊的那面鏡子！

我逕自走到鏡子跟前，仔細觀察起來。

這是面做工十分精細的屏風鏡，鏡面光滑整潔，顯然不是用銅打磨而成的，用手敲擊，還會發出輕輕的金屬脆鳴聲，看來也不是玻璃。

所謂的屏風鏡，是由普通屏風演變而成，不知道從何時出現的，但卻在明初有如雨後春筍般在貴族之間流行起來。

去掉屏風朝外那一面許多華麗考究的裝飾物，直接鑲嵌上一面鏡子，以便突出房間的立體感以及空間感，同時也能掩飾尷尬，畢竟屏風後邊的那塊地方，並不是什麼優雅的場所，而是用來放夜壺的。

這面屏風鏡是由高雅昂貴的紫木雕成初胎，表面還刻著許多栩栩如生的鬼神，以及古怪生物。整個屏風共有三迭，正中央那迭，端端正正地鑲著一塊高一點五公尺、寬一公尺的金屬鏡子。

我越看越覺得眼花撩亂，甚至腦袋也開始微微脹痛起來，看得出，這絕對是件精品，而且大有可能出於名家之手，但可惡的是，我這個對鑒定還算有研究的天才，卻無法分辨，這面屏風鏡究竟是屬於哪個朝代的產物。

嘆口氣，不信邪的我，開始一寸一寸的仔細打量起來。

一般名家製造出東西後，都會在明顯或者不明顯的地方，留下一個用來辨識的特有印記，一來可以向別人證明那是出於自己之手，二來也是為了流芳百世，畢竟人的生命是有限的，但自己做出的東西或許可以歷經萬朝興衰，長久地流傳下去，只要東西還在，他的名字就可能會被人永遠記住。

花了十多分鐘，我又失望了，這拿出去賣絕對價值不菲的古物上，不要說名家印記，就連絲毫瑕疵都沒有，它整個就如同天然形成一般，和身上古怪的雕刻渾然一體，就連那面鏡子也如融合般鑲在裡邊，反射著一絲絲又冷又黯淡的光芒。

只是左上角有一塊紅褐色的暗斑，像是噴上去的漆，零星散亂地分佈在一塊極小的鏡面角落裡，如果不仔細看，絕對發現不了。

我當然不會笨到以為那就是作者留下的印記，那玩意兒明顯是後來不小心被人沾上去的污垢，不過就是這麼一塊不顯眼的污垢，卻讓一個渾然天成的精品變得不再完美，甚至散發出一種極為怪異的氣氛。

不知為何，一看到那塊污垢，我就如同喉嚨裡梗了一根魚刺似的，渾身不舒服。毫不猶豫地伸出手想要將污垢擦掉，就在我的手碰到褐色斑跡的瞬間，有股強烈的陰寒，毫無預兆地猛然湧入我的身體。

那股不知名的恐懼在身體裡亂竄，湧上後腦勺，頓時，全身所有的寒毛都豎了起來。我狼狽地退後幾步，用手強按住狂跳的心臟，腳甚至不斷地發抖。

居然有東西可以讓我怕成這樣，該死的！我甚至不知道自己究竟在怕什麼！

就在這時，有個鬼祟的腳步聲越來越近，顧不上害怕，我反射性地迅速躲進屏風後邊。

剛一躲進去，我就自嘲地笑了起來！自己什麼時候變成驚弓之鳥了，一有風吹草動就溜，俺一沒偷二沒搶，堂堂正正、正大光明的在沈家作客，幹麼還要躲？

那人走了進來，逕自來到屏風鏡前，眼睛一眨不眨地看著鏡面映出的身影。

我從縫隙裡往外偷看了一眼，頓時大為驚訝，來人居然是沈科！他不是和沈雪以及徐露去了老祖宗那裡嗎？怎麼現在又溜了回來？

只見他咬牙切齒地狠狠往鏡子上踢了一腳，還不解氣，用手拉住屏風想要把它弄倒，眼看這個罕見的絕世珍品就要毀在他手裡，我立刻不忍心地走了出來。

「沈科，你在幹什麼！」我喝道。

沈科那傢伙大吃一驚，嚇得幾乎要癱了下去。

「原來是小夜你啊！」他捶著心口，惱怒地大吼，「靠！你不知道人嚇人會嚇死人嗎？」

「心裡有鬼的人才會怕，嘿嘿，你究竟在怕什麼？全身都在發抖！」我露出微笑，犀利的眼神將他整個籠罩住。臭傢伙，別想在我面前玩轉移話題那一套！

「我沒幹什麼！只是回來找你罷了。」沈科強作鎮定。

「真的？」我乾笑起來，眼神越發地凌厲，直看得他頭皮發麻。

「好了！我投降！」沈科一屁股坐在地上，恨恨說道：「都是這面鏡子，絕對是它讓小露消失了，還想殺了她！這面鏡子，該死，早知道被人搬到了這裡，我絕對不會讓小露住進來！天，當時我怎麼沒有一個個房間地挨著檢查。」

我全身一震，也坐到地上，沉聲問：「這面鏡子，有古怪嗎？」

「當然有，而且還不是普通的古怪。」沈科猛地抬頭看向我，眼睛裡因自責而帶著淚花，說道：「就我知道，在這面鏡子前，至少死過兩個人！」

「哦，說來聽聽。」我頓時來了興趣。

剛剛那股懼怕，已經讓自己隱約感覺到，這個屏風鏡並不尋常，剛要著手調查，但沒想到這麼快就有了線索。

沈科嘆口氣，「還記得叔叔跟你提起過的沈梅吧？」

我點點頭道：「就是那個和許雄風相戀，但沈家的父母死活不同意那門婚事，最後上吊自殺身亡的可憐女人？」

「就是她，她是在這面鏡子前上吊的，聽說沈梅斷氣時眼睛圓睜，死死地瞪著鏡子中自己的身影，兩條腿還在空中不停晃動。」

我皺了皺眉頭，這樣的死法確實奇怪，上吊自殺者通常都會因為窒息而滿臉痛苦，最後更會因為臉上的肌肉緊縮，眼睛自動閉了起來，而沈梅為什麼會有這種反常的舉動，難道她在鏡子裡看到了比死亡更恐怖的東西？

沈科頓了頓，接著講道：「沈梅死後，她的屏風被父母送給了鄰居。得到它的是個叫作沈蘭的女孩子，她十分高興地將屏風鏡安置在書桌旁。

「沈蘭對這玩意兒愛不釋手，每天都要花大把的時間站在鏡子前，癡迷地望著鏡中自己姣好的身影，然後再做作業，直到有一天……」

第十二章 風水師

又是一個週末，沈蘭回到家裡，飛也似地回了自己的房間。

已經有整整一個星期沒有見到那面鏡子了，心裡就像少了什麼一樣，她是個十分內向的女孩子，內向得不要說看男生，就算是和女孩子雙目對視，自己也會害羞地臉紅。

只有在這面鏡子前，她才會找到自信。

鏡中的她，美得彷彿不是凡塵的產物，如雪的肌膚，靈動的雙眸，還有鮮紅濕潤略帶著一絲清笑的嘴唇，這一切真的都屬於平凡的自己嗎？隨著手腕的抬起，鏡中人也會跟著她撫摸自己的臉頰，這時，她的臉上總會浮現出一絲紅暈。

就算是看自己，看鏡中那個美而陌生的她的面孔，以及曼妙絕倫的身體，她也會害羞，但即使如此她也不願意將視線稍稍移開，班上那個跩得二五八萬的同學，如果看到鏡中現在的她的話，一定會流口水吧，或者，連鼻血也會和口水一起流出來。

吃過晚飯後，已經七點了。沈蘭又將自己關在房間裡，點燃蠟燭，屋子立刻亮了起來。望向窗外，天早已黑盡了，又是個漫長而且沒有任何娛樂的夜。

自從讀高中住校後，沈蘭就一直不太願意回這個家，總覺得太陰森了，而且落後，老祖宗是個老古板，一點都不知道變通，總是以會攪亂風水的唬爛理由，阻止任何人將電氣化的物品帶回家，甚至就連電線和自來水管線也不許鋪設。

一入夜，原本是普通人家坐在客廳明亮的電燈下，一邊嘻笑，一邊看電視，享受天倫之樂的美好時光。然而在沈家卻變得死氣沉沉，而且用來照明的居然還只有蠟燭！

每當想到這些，沈蘭就不想回來，直到從親戚手裡得到了這個屏風鏡。當她第一眼看見它的時候，眼睛都亮了起來，那面鏡子彷彿是為她量身訂做的一般，令自己不由自主地想擁有它。

從此後，她越來越不願意離開自己的房間，稍微離開鏡子一會兒，內心就有種強烈的失落感，但她畢竟還要回鎮上去上課，慢慢的，一個禮拜兩天的假期不是那麼難熬了，只要待在鏡子前，不要說是兩天，就算是一輩子她也不會膩。

沈蘭如往常般站在鏡子前，或許鏡面上有什麼機關吧，屏風鏡雖然不高，但是不論自己在什麼位置，它總能將自己的整個身體都照出來，從這一點來看，就算是現在的工藝也不太可能做到。

房間裡蠟燭的火焰在搖爍著，光線也搖晃起來，不知是不是四周朦朧黯淡的原因，鏡面上似乎蒙著一層霧氣。

沈蘭沒有多加理會，只是在鏡子前照了個夠，才從書包裡掏出作業，靜靜做起來，畢竟已經高三了，再過半年就要考大學了，不努力可不行。

指望著以後能離開古雲山，到一個沒人認識自己的地方工作，然後遇到生命中的他，和他墜入愛河，然後感覺到自己的感情從量變積累為質變，於是結婚，步入那個從小就夢想著的幸福最終式。

對了，那時候一定要拿這個屏風鏡當嫁妝！

她不斷胡思亂想，好不容易才進入念書的狀態，不知過了多久，突然感覺有什麼東西在輕輕敲擊著自己的脖子。

沈蘭反射性地向後抓了一把，什麼也沒有碰到，微微用筆撓了撓腦袋，她抬起了頭，房間裡的氣氛，不知從什麼時候起變得壓抑起來，桌上的燭光散發出冷冷的橘黃色光芒，光線有如實體一般縈繞在周圍，濃得如同冬霧一般化不開。

她用力揉揉太陽穴，再睜開眼睛時，一切都正常下來，似乎有渣子飛進火焰裡，燭光輕然搖動，發出啪啪的細微爆裂聲，但是，背後還是有東西不斷地點著自己的脖子。

「誰？」沈蘭以為有人偷偷溜進來開自己的玩笑，猛地回頭，背後什麼也沒有，只有門，朱紅的小門緊閉著，還插上了門栓。

再掃了一眼屋裡早已看過千百次的擺設，一床一櫃，沒有任何可以躲人的地方。

剛才究竟是什麼碰到了自己？是飛蟲？不可能，那頻率十分頻繁而且固定，似乎隱藏著某種拋物線規律，應該不是房間裡亂飛的蟲子。

就在她苦惱猜測的同時，輕微的撞擊又來了，這次感覺到的不是脖子或後腦勺，而是額頭，沈蘭的觸覺十分清晰地告訴她，碰到額頭的東西是一種布料，而且十分粗糙堅硬。

可是此刻她還是什麼都沒有看到，頓時內心的恐懼有如巨浪一般席捲了自己，心臟狂跳，身體也跟著顫抖起來。

沈蘭拚命地瞪大眼睛望著前邊，但是額頭上的撞擊還是在繼續著，沒有任何跡象顯示，自己應該有被不斷輕碰的觸感。

原本黯淡的房間更加朦朧了，有股突如其來的惡寒猛地湧上身體，從腳底飛快向上爬，全身的寒毛被嚇得一根根豎了起來。

沈蘭用力咬住嘴唇，向屏風鏡的方向緩緩轉過頭去，頓時，她驚駭地圓瞪起眼睛，腦袋恐懼地嗡嗡作響。

只見鏡子中，一個穿著紅色旗袍的女人正吊在房檐上。那女人圓瞪著眼睛狠狠地望著自己，血紅的舌頭長長地伸在嘴外，而她那雙穿著紅色繡花鞋的腳，在空中一蕩一蕩的，不斷輕觸自己的額頭……

□

沈蘭慘叫一聲，暈了過去，而她的父母聽到叫聲，立刻撞開房門，只見她渾身血淋淋地躺在地上。第二天沈蘭醒來時，將自己的經歷講了一遍。

「她的父母也被嚇到了，隨即將屏風鏡送人。」沈科舔舔嘴唇，苦笑起來，「但這件事不知從誰的嘴裡傳開了，沒人願意留下那邪物，於是沈蘭的老爸就把屏風鏡扔在一個空置的房間裡。

「哼，可惜的是三天後，沈蘭還是死了，她被人發現時是在屏風鏡前，而且是自殺！手腕被她用利刃割破，血流了一地，就連身上雪白的連衣裙，也被染成了鮮紅色！」

我毛骨悚然地望著沈科，聲音乾澀地道：「那麼小露，她會不會也有危險？」

「我不知道！都是我的錯，要不是我提出什麼回老家看看的鬼話，小露也就不會有危險了，我真該死！」沈科狠狠地在腦殼上敲了幾下。

我深吸一口氣，站起身道：「不管那麼多了。我們兩個從現在起，要二十四小時不間斷地盯著小露，絕對不能讓她在我們的視線裡消失！」

「那她睡覺時怎麼辦？」沈科抬頭問。

「就讓沈雪陪她一起睡！還有，我們的猜測千萬不能告訴她們，兩個大男人沒必要讓女孩子擔驚受怕吧。」

沈科贊同地點頭。

「就這樣吧。現在，我們去看看你們家御用的風水師。」我在僵硬的臉上微微擠出了笑容道：「我倒要看看，他這個風水專家，究竟可以在你家找出些什麼東西來……」

□

在趕去老祖宗那裡的途中，我順便問了那個風水師的情況。

沈科想了想說道：「本家這一代的風水師叫作孫路遙，他們孫家世代為沈家勘測風水，據說沈家龐大的宅子就出於孫家祖先之手，如果要動大宅裡的一草一木，歷代老祖宗幾乎都要派人去通知他們，只有孫家的人來看一番，說可以，我們才能在自己的院子裡種花養魚，不過更改院子結構是大忌，特別是動院子中央的銅獅子。」

他撇了撇嘴，「據說，本家有好幾口靈脈就在銅獅子下鎮著。一動獅子，沈家就會立刻雞犬不寧，甚至一百年前本家後宅移往前宅的大遷移，也有人說，起因是因為某個院子裡的銅獅子被人破壞了。」

「靈脈不是應該用來埋葬先人嗎？你們家怎麼都封了起來？」我略為詫異。

「我又不是孫家的人，怎麼可能知道那些風水師在想什麼。」沈科搖頭，突然笑了起來，「小夜，聽語氣，你這個傢伙似乎對風水什麼的有偏見啊。」

我哼了一聲，「我的字典裡，沒有所謂偏見這種低賤的情緒，只是透過我淵博的知識及聰穎的大腦雙重判斷下，斷定風水這玩意兒流傳到現在，大多都變得只剩下騙人的東西了。」

「真正的風水學，我是不知道是不是會令家裡六畜興旺，不過我敢肯定，現在的風水都是些騙白癡的東西，就連鬼都懶得去信他。」

「這還不是偏見！究竟你為什麼看它不順眼呢？難道小時候你受過風水師的迫害？」

「去！我不害別人，別人就該躲到角落裡去偷笑了，哪還有人敢跑來批我的逆鱗。」

「說得也對，你這傢伙可是肉身魔鬼，有好幾次我和小露都想脫光你，看你把自己黑色的翅膀和尾巴，藏到哪裡去了！」沈科十分認真地點頭，頓時招來我的一頓狠踢。

我咳嗽了幾聲，慢悠悠說道：「其實我討厭風水師是有充分的理由的，不如先講個寓言故事給你聽。」也不管那傢伙願不願意聽，我扯住他的耳朵逕自講起來。

「一位廣告大亨車禍喪生後到天堂報到，握有天堂鑰匙的聖彼得擋住他說，先別急，參觀後你再選擇。聖彼得帶他到一處大草原，他看到幾位天使吹著長笛，並有好多人漫無目的地來回閒晃，百無聊賴地打呵欠。聖彼得對他說，這就是天堂，接著我帶你去看地獄。

「他們來到一個狂歡熱鬧的場所，那裡每個人臉上都掛著滿足與歡笑，男男女女都在盡情地跳舞歌唱。聖彼得於是問他：『這就是地獄。你選哪一個？』

「縱橫一世的大亨毫不猶豫地說：『那還用問，當然是地獄。』聖彼得說：『好極了，這是你自己的選擇。』說完，兩個青面獠牙的魔鬼，立刻拖著這位新來的大亨，直奔一口滾燙的大油鍋。大亨發覺自己上了當，驚慌地慘叫，『我剛剛看到的地獄，不是這樣子的呀！』

「漸行漸遠的聖彼得頭也不回地說：『剛才你看到的是廣告……』哈哈，有趣吧？」

「這個故事裡，有你討厭風水師的理由嗎？」沈科小心地問。

「當然有。」我陰險地笑著，笑得他寒毛直豎。

「恕小的我才智淺薄、肉眼愚昧，實在聽不懂夜大師你故事裡博大精深的涵義，可否再講得淺顯易懂一些，或者，乾脆把答案告訴卑微的我？」那傢伙點頭哈腰地賠笑道。

「不行，既然告訴你是寓言故事，就明擺著要你自己把答案想出來，否則，哼哼，拳腳伺候！」說完一腳又踢了過去。

沈科大聲慘嚎起來，「小夜你個死人！老子我不想知道了還不行嗎……」

表面不斷在和沈科打鬧，但我的內心卻絲毫高興不起來。

最近幾天發生的事情實在太多了，二十七年來，每時每刻都和許雄風在夢裡相會的，究竟是不是沈梅？而他跳樓後異常的出血量，又說明了什麼？花癡沈羽的故事裡，也隱約提到過一面鏡子，那面鏡子會不會就是曾經被沈梅以及沈蘭擁有過，然後又被放在徐露所住的房間中的那面屏風鏡？

更加令人疑惑的，是沈家的後宅。

那些變異的植物，似乎還在因為養分而蠢蠢欲動著，可是讓我十分不解的是，它們的根鬚為什麼沒有伸到前宅來？難道是有某種力量在阻止它們？

還有那面屏風鏡，它上邊到底有什麼古怪？難道是沈梅自殺後陰魂不散，附在鏡子上了？不可能，那太匪夷所思了！但是，越是深入調查，我就越強烈地感覺到，沈家中隱藏著一股超出我認知的詭異力量。

或許，那股力量就是一切怪事的根源，只是不知道那玩意兒究竟想幹什麼，在密室裡放了我們一條生路，對整個沈家而言，又到底是福還是禍呢？

我不知道，也不可能知道！

千頭萬緒如亂麻般不斷湧入腦中，我不由得苦笑起來，希望小露不會有事才好，只要過了今天，我立刻約幾個人走下古雲山去求救。

只要過了今天，離開這個該死的鬼地方，一切都會好起來的！

我抬頭向遠處望去，有一大群人，已經將整個灰色的院子圍了個水泄不通。被眾人圍住的風水師猶如眾星捧月般，原本不可能感覺得到我與沈科的到來，但是他偏偏全身一顫，猛地用陰冷得令我血液凍結的目光，緩慢地向我看了過來……

The End

番外・詭髮（下）

楔子

十一日，川谷寺附近，趙亮帶著自己的隊友大老遠的跑來玩WG。

所謂的WG，熟悉的人都清楚，不過是Wargame的縮寫罷了。說得通俗一些，可以理解為真人CS。趙亮等人全是普通的上班族，有的為了排解壓力、有的是業餘愛好，基本上每個週末都會在川谷寺周圍的密林深處打上一場。

他們的裝備很齊全，高度擬真的槍械以及軍服、防彈衣、鋼盔，甚至還有兩輛沙灘車。從前這些傢伙也在市郊玩過，不過由於偶然被居民看到引起了恐慌，所以現在的戰場已經轉移到了遠郊。

川谷寺附近的樹林很茂密，灌木也不少，非常適合叢林戰。由於遠離人煙，也不怕嚇到別人。最讚的是，偶爾還能清楚地聽到川谷寺渾厚的鐘聲。鐘聲最後甚至都成了他們的一種標誌，川谷寺敲鐘時，趙亮一行就開始模擬戰，一直到下一次鐘聲響起時結束。

今天的天氣不錯，濃厚的樹林裡依稀能看到穿透樹蔭的陽光，撒落下的光點令人感覺心曠神怡。聞著四周清新的空氣，心裡再多的煩悶都能一掃而空。

「老樣子，分成兩組。七人一小隊相互對抗。」趙亮在樹林中央一塊空地上，有模有樣地分配，「紅隊在東邊，藍隊在西邊。只要將對方的旗幟奪過來，就算贏。」

奪旗戰最近很流行，據說是由網路遊戲演變來的。

「今天我們又多了一個新成員，是個美女哦。讓我們大家歡迎她。」趙亮抬頭，看了看眼前的女孩。她大約二十四歲，長得很清秀，披肩長髮被繫成了馬尾，穿著野戰裝，精神奕奕，「美女，自我介紹一下吧。」

女孩點點頭，手裡抱著槍，微笑道：「我叫張芸，普通的OL，第一次參加這種活動。請大家手下留情。」

一眾男狼們頓時沸騰了，紛紛起鬨道：「放心，不會瞄準美女的臉。要打也要打脂肪厚的地方！」

趙亮用槍柄用力敲了敲桌子，「安靜，安靜。張美女跟我一隊，大家各就各位到附近隱藏起來。川谷寺下午兩點的鐘聲一響，就開打。」

「知道了。」大家笑嘻嘻地紛紛抓起自己的裝備離開，兩輛沙灘車一隊一輛。趙亮開著紅隊的沙灘車示意張芸坐上來。

「這裡空氣不錯吧，負氧離子多，比氧吧純，而且天然多了。」他一邊朝遠處駕駛，一邊搭話。

「確實不錯。」張芸掏出自己手裡這把電動氣槍的說明書一個勁兒的做功課，不然她可是開槍都不會的。

趙亮立刻停下車，嘿嘿笑了幾聲，手把手地教她。時間飛逝，這傢伙正猶豫著想要邀張芸晚上回春城後單獨吃飯，看能不能發展出某些超隊友的感情時，遠處傳來了悠揚渾厚的鐘聲。

鐘，敲了兩下。

「開始了。」趙亮立刻進入狀態，他緊握著槍，高喊一聲，「留兩個人保護旗幟，剩下的跟著我衝。」

然後率先跳下沙灘車，指揮另一人駕駛。自己則向西邊方向筆直地衝過去。塑膠子彈不斷地劃過耳畔，「嗖嗖」的聲音不絕於耳。張芸覺得這種遊戲確實很刺激，原本滿溢大腦皮層的壓力隨著奔跑和劇烈的運動一掃而空。

「走，走，衝。」趙亮在前邊猛地向右躲避，堪堪將子彈繞過，抬起槍對準不遠處藍隊的敵人扣下了扳機。張芸也跟著毫無目的地揮霍子彈，結果只打下了頭頂的一大堆樹葉。

跑了許久，女孩的力氣畢竟不如男性。不知何時，她粗喘著望著四周，才發現自己身旁居然一個人也沒有了。第一次來這地方，路根本不熟悉，她試著叫了幾聲，卻始終沒人回應。

張芸不太在意，她偏著腦袋回憶了片刻，決定回到紅隊的隊旗位置，那裡還有兩個人留著。可是她根本不知道，人類的大腦是最具有迷惑性也是最不可靠的。她漸漸地走入了密林深處，然後徹底失去了方向。

大自然總會給準備不足的人類驚喜，也會令他們絕望。

當一個小時後，川谷寺的鐘聲敲了三下。紅藍兩隊十三個人聚集在一起，哄笑打鬧地嚷嚷著勝負問題，然後抬出烤箱準備烤肉喝啤酒補充體力時。趙亮才突然發現張芸不見了。

大家立刻慌張起來，兩人一小隊四處尋找。

這就是這個無法想像的故事的開端……

01

愛是一種流動的能力，縱使它會讓人千瘡百孔，但卻依然讓人類執著！友情也同樣如此。遇到危險同命相連時，總覺得大家聚在一起會滋長勇氣，可沒人想過，危險更會像是急性傳染病，聚集的人越多，被感染的人也越多。

終於導致危險這個膿瘡越積越大，最後全身潰爛、無藥可救。

我是夜不語，一個好死不死經常遇到怪異事件的男孩。不久前接到張雯怡的郵件，嗅到了信中殺機重重的味道時，連忙搭上飛機趕往春城。

但是事件已經危急到來不及阻止的程度。

張雯怡給我的地址沒有錯，可是無論我怎麼敲門都沒有人回應。用耳朵貼在門上，只能隱約聽到裡邊喧譁尖叫的聲音。女孩的音調很熟悉，縱然過了好幾年，我還是能辨認出來。

那是張雯怡的驚呼，還有她混亂的腳步聲。

我急忙用萬能鑰匙開鎖，但是鎖眼居然被某些軟綿綿的物質堵住了。於是顧不上低調，連忙用裝有消音器的手槍，學電影朝鎖眼附近一陣亂射。

還好電影編劇沒有騙人，門微微抖了幾下，「吱呀」一聲向後縮了縮。再次推門，很輕易地就將眼前的門推開了。

屋裡亂七八糟的，小客廳的地板上還有一股股黑色的東西在流淌著。黑壓壓的將原木的色調掩蓋。我難以置信地揉了揉眼睛，身體一滯。

那些黑色的物體居然是頭髮，黑色的頭髮，一絲絲多到數不清的毛絲若有生命般竄來竄去，正捕捉著屋裡那個穿著粉紅色睡衣的女孩。女孩的發育很好，動作也不笨拙，可在那些莫名其妙的毛髮追捕下仍舊險象環生、狼狽不堪。

眼前的一幕令我有些不知所措，那些毛髮是哪裡來的？它們的動力源自哪？既然能夠迅速行動，那麼根據能量守恆定律，一定有阻止它們的辦法。

女孩慌亂間看到了衝進門的我，臉上閃過一絲驚喜，隨後像是想起了什麼，神色又慌張焦急起來，無比後悔地衝我喊道：「小夜，快逃！」

她就是張雯怡？四年多的時間令她變得更漂亮了。我望向她，衝她微微一笑，「妳就在這裡，我往哪裡逃？」

張雯怡再次艱難地躲開那些線蟲似的毛髮，努力想靠近我，可惜那些黝黑烏亮髮質絕佳的頭髮彷彿難逾的天險，根本無從使力。她就那樣一邊絕望地看著我，一邊一步步地逐漸靠近死亡。

「這些毛髮是誰的？」我突然問。

「從星星頭上長出來的。」張雯怡抽空回答。

星星是她的信裡提及過的上班族之一。我往前走了兩步，「她在臥室，還活著嗎？」

「不知道。」女孩搖頭，然後滿臉急躁，「快退回去，免得你也被這些該死的詭異頭髮纏住。」

「沒關係，來的時候我就有個猜測。說不定這些頭髮對我不感興趣！」我又上前了幾步，在極度接近那些在地面上湧動的黑色髮絲時，才停下來，「現在必須去星星那裡，切斷頭髮的根部，說不定能讓這些該死的東西冷靜下來！」

「不！不要！」張雯怡使勁兒搖頭，「我不要你死！」

「我不會有事的。」我淡淡笑著，然後一腳踩在了黑髮上。果然，被自己踩在腳下的毛髮並沒有反纏上來，而是在鞋底掙扎著，對我完全不感興趣。張雯怡無法理解，傻眼地望著那些瘋狂糾纏著想要鑽入她體內的毛髮，又看著恍如蚯蚓般在我腳下扭來扭去的黑髮，一臉無法相信。

我就這樣踩著厚厚的黑色長髮，走入了臥室。床已經被完全掩蓋住了，眼睛中能看到的全是黑色，只能隱約判斷中間那個人形的突起，應該就是張雯怡提到的星星。摸索著找到她的頭部位置，用瑞士軍刀上的鋒利剪刀，費盡力氣才將那些髮絲剪斷。

失去了養分和能量的毛髮在地上軟綿綿地抽搐了幾下，然後迅速枯萎，變成飛灰凋零在地板上。沒過多久，只剩下些許灰蒙蒙的蛋白質殘留物。

張雯怡被逼到了陽台上，就差沒有跳下去了。她一動不動地看著眼前迅雷不及掩耳的驚人變化，腳一軟，跌掉在地。

我走過去將她扶起來，女孩看著我，眼眸裡飽含著某種說不清道不明的感情湧動，唯一沒有的，便是恐懼。她在我身旁，全身的重量都壓在了我的肩膀上，安心地苦澀一笑，「你真的來了。」

「嗯，還算來得是時候。」我還有些膽戰心驚，晚來一分鐘，張雯怡恐怕就會變成屍體了。

女孩猶豫了一下，伸手摸了摸我的臉，「你沒變，還是那副欠扁的模樣。」

我嘆了口氣，「等下再敘舊，妳去見星星最後一面吧，她應該已經不行了。」

張雯怡渾身一頓，在我的攙扶下來到床邊。被吸取了大量養分的星星已經看不出從前的模樣，她的面容枯槁，顎骨突出，瘦得皮包骨。吃力地睜開眼睛，好不容易才看清身旁張雯怡的存在，她想要說些什麼，可終究有氣無力，伸出的手也隨之垂了下去。

我摸了摸她的脈搏，搖頭，「死了。」

「星星臨死前似乎想跟我說什麼，她會不會在死前明白了某些東西？」張雯怡疑惑地看著我。

「不知道，或許吧。」我看著眼前單薄睡衣包裹著的瘦骨嶙峋屍體，有些悚然。

從星星腦袋上長出來的頭髮，居然用光了整具身體的營養。就連胸部中的脂肪也燃燒殆盡，只剩兩個破布袋似的皮膚耷拉著貼在胸口。

這簡直不科學！看來有必要將整件事徹底地洄溯整理一番。

「先報警吧。」我將悲切的張雯怡拉到小客廳的沙發上坐下，撥通了報警電話。員警很快便來了，做了筆錄，忙碌了好一陣子，我們才得以脫身。

臨走前幾個新進的員警都捂著嘴，吐得稀哩嘩啦。抬走的屍體和星星掛在牆上的藝術照，完全就像兩種不同的生物。照片中的星星甜美微笑著，冷冷看著蜷縮在沙發上的張雯怡。

張雯怡一直都在發呆，我甚至不清楚她究竟在想什麼。

「這裡不能住了，我訂了旅館，跟我走吧。」我扶著仍舊腿軟的她，離開了星星的家。

城市明亮無比，哪怕午夜已經過了，清晨就將來臨，但是春城大量不夜的店鋪仍舊沒有打烊。霓虹燈閃爍著耀眼的光芒，將我們的影子拖拽得很長，很長。

我下意識地向後看著自己的影子，突然愣了一下。腳下不遠處的影子挨著張雯怡的影，她的影子中頭髮隨風飄舞著，靈活如同無數條蛇在湧動。我猛地轉頭看向她的頭部，街道上沒有風，女孩的長髮也沒有被吹動，只有因走動而產生的輕微晃動罷了。

剛才是怎麼回事？錯覺？

「怎麼呢？」張雯怡在夜晚的冰冷下，總算恢復了一些精神。她詫異地看著我在驚訝，然後順著我的視線望向了自己的影子。

影中的她在緩步走著，稀鬆平常，並沒有任何值得奇怪的地方。

「沒什麼。」我輕輕搖頭，決定不將剛才看到的詭異情況告訴她。

「阿夜，星星死後，下一個就輪到我了，對吧？」張雯怡挽著我的胳膊，很緊。

「理論上，應該有這個可能。」我沒有否定，「妳信裡提到的訊息太少，我需要時間好好地調查，才能搞清楚究竟是怎麼回事。」

張雯怡咬了咬嘴唇，低下秀色可餐的臉，「幸好，臨死前有你在身旁。」

「別傻了，有我在，妳想死都死不了。」我拍了拍她的小腦袋，輕聲安慰。

預訂的酒店就在不遠處，我要了個套房，將她安排在房間裡，看著她睡著後，這才坐到沙發上，看著天際漸漸明亮。

這件事真的有些難理解。利用追溯法來尋找線索的話，還是需要從張雯怡的遠方親戚，張芸作為主要目標來調查。

張芸一直作噩夢，以為是工作壓力，所以找了兩個姐妹淘李梅和星星一起溫泉旅行。可是就在當晚，卻猝死了。死因為窒息，她的頭髮跑進了呼吸系統，塞住氣管。甚至連內臟都被頭髮刺得千瘡百孔。

第二個死掉的是李梅，死因和張芸大致相同。我有拜託熟人拿到了她的驗屍報告，內容很驚聳。根據解剖，她的每個皮膚毛孔中都被紮入了一根頭髮，李梅在窒息前，已經痛苦不堪死掉了。只是因為她的頭髮堵住了她的鼻腔和嘴巴，所以無法發出聲音。所以她的痛苦，自始至終都沒人察覺。

星星的死因是能量輸出過多，身體補充跟不上，以至於燃燒了肝臟中積累的葡萄糖，消耗了體內最後一絲脂肪，虛弱到餓死。同樣的慘不忍睹和痛苦。

現在，三人就只剩下張雯怡還活著。她不受牽連的可能性極低，甚至我懷疑，死亡預兆已經開始出現在女孩身上。她，剩下的時間已然不多了！

能夠確定的是飛來橫禍的根源，應該來自張芸，可是作為死亡傳染源的她，究竟是以什麼方式將死亡傳給星星三人的？至今我都沒搞清楚。如果說星星和李梅在同她一起溫泉旅行的時候，已經被印上了死亡印記，那麼張雯怡呢？她為什麼又會被牽涉其中？

明明女孩跟自己遠房姐姐的接觸本就不多，最近幾年更只有在葬禮上見過她的遺容。

這意味著傳染並不是一開始便傳給星星等人，而是在葬禮上。

突然記起張雯怡來信中其中的一段，我整個人猛地從沙發站了起來！

02

人的一生總要留下點什麼，精神的也好，物質的也罷，總要留點東西證明自己來過。張雯怡說參加遠方姐姐張芸的葬禮時，扶正屍體頭部的那一霎，曾經感覺到指尖有過莫名其妙的刺痛。

這種痛感在星星和李梅手指上也出現過。她們三個女孩做了同樣的行為，都有擺弄張芸的腦袋。這也是我能找到的唯一共同點。

會不會因此，某種超自然的能量透過三女的皮膚進入了她們的體內，然後發芽壯大，掠奪她們的營養和生命？

我坐到電腦前稍微調查了一些東西，第二天中午，疲憊不堪的張雯怡才從噩夢中驚醒。她睜開眼睛，眼神發懵地打量天花板，然後撐起身體，看著我，一直看著我。

「醒了？」我頂著碩大的黑眼圈明知故問。

「你一晚上都沒睡？」女孩皺了皺眉。

我岔開話題，「有些東西讓人在意。妳稍微洗漱一下，我們出去吃飯，然後到醫院一趟。」

「去醫院幹麼？」張雯怡詫異地捋了捋自己稍顯凌亂的髮絲。最近每次摸到自己熟悉的長髮，她就有一股驚懼感。仿佛那些頭髮，並不屬於她自己。

「我幫妳預約了體檢，想詳細地檢查一下妳的身體有沒有問題。」我解釋道：「我懷疑有某種東西進入了妳的體內，不斷地排出激素，促使星星和李梅的毛髮生長。妳不覺得，自己最近的頭髮長得很快嗎？」

我比劃著她的髮絲長度，張雯怡這才驚惶地發覺，她的頭髮確實比昨天長了一些。昨晚還只披散在肩膀，現在已經垂到了後背位置。

「體檢真的有用嗎？」女孩找來一把剪刀，想要將頭髮剪短，「怎麼看這件事都已經超出了科學能解釋的範疇。如果沒有意外，再過幾天我就死定了！」

我按住了她的手，將剪刀搶過來，「剪頭髮很可能會刺激妳體內的激素分泌，讓妳處於危險狀態。我懷疑星星就是因為將自己剪成光頭，才提前觸發死亡的。我們還是謹慎一些，先弄清妳身體裡的狀況。」

「你會陪著我嗎？」張雯怡抬頭，看著我的眼睛。

「當然，我回來，就是為了保護妳。」我帶著不情不願的她出門，隨意吃了早飯後去了附近的市立醫院。

檢查的結果很快就出來了。女孩的身體並沒有異常，骨骼和激素濃度也正常，體內並沒有異樣物質入侵的跡象。但是腦部 CT 的照片，卻令醫生倒吸了一口涼氣。

醫生將照片放在我們跟前解釋，「她的腦袋裡有點問題。主要是頭髮的毛囊變得有些畸形，不斷在往外生長的同時，也在往內部滋長。髮根現在已經在顱骨上鑽了無數的細洞，有十多根毛髮甚至已經探入腦部，影響了睡眠中樞和視覺神經。所以她最近有可能會作亂七八糟的噩夢，以及看到幻覺。說實話，從業以來，我還是第一次遇到這種詭異的事。」

我的神色很凝重，張雯怡苦澀地衝我笑著，「看來我這次是真的躲不過了。」

「醫生，動手術有多少機率能將髮根從大腦中取出來？」我看著黑白的照片，悶聲問。

「機會不大。現在毛髮探入大腦比較淺，開顱手術確實能取出來。可是不設法找出毛囊中髮根為什麼會長進腦袋裡的原因，以後情況恐怕會更糟糕！」

「如果將她頭頂的毛囊全部破壞掉呢？」我又問。

張雯怡立刻抗議，「那樣我就一輩子都沒頭髮了。」

「妳是想要命，還是想要頭髮？」我嚴肅地看著她。

女孩想都沒想就斬釘截鐵地回答：「頭髮！」

好吧，我承認自己沒辦法讓一個女人在美與生命之間做選擇，因為這跟先有雞還是先有蛋一樣無解。看來也只有從別的地方著手解決了。況且，自己也不能確定破壞毛囊後張雯怡就真的能活下來。

「走吧。」我收拾好體檢報告，拉著女孩走出了醫院大門。外邊不知何時烏雲密佈，風颳得皮膚起了一層雞皮疙瘩。壓抑的天空，令人喘不過氣。

張雯怡依舊挽著我的手，低著頭，不說話。最近四年她真的變了很多，從天真活潑有些臭屁，但是卻寧願為我付出生命的女孩，變得自信、知性、漂亮、恬靜。這樣完美的女孩，怎麼就陷入了如此糟糕的絕境中呢？

「害怕嗎？」我到租車行租了一輛小型越野車，一邊發動引擎一邊問。

女孩將腦袋輕輕倚在我的肩膀上，「剛開始有些怕，現在不怕了。因為你來了。」

「對我那麼有信心？」我笑起來。

「嗯，比起相信自己，更相信你。四年前，那麼可怕的事情都熬過來了。現在的種種，又算得了什麼！」張雯怡展露笑容，長長的睫毛微顫。

「是啊，腳朝門事件都沒有弄死我們，這次也一定沒問題。」我揉了揉太陽穴，又揉了揉她的腦袋，大聲說：「去下一站。」

「看來你昨晚的功課做得很充足。」張雯怡咬著紅潤嘴唇，看著我的側臉，柔聲問：「下一站去哪？」

「去找一個叫作趙亮的上班族，張芸死前，曾經跟他們玩過WG。這是我唯一能找到的線索了。」我頓了頓，「聽說趙亮的朋友也死了好幾個，總覺得這當中有古怪。」

趙亮住在城西區一棟公寓的八樓，按了許久的門鈴，才有人跑出來開門。一張中年女人的臉警戒地看著我們。

「你們是誰？」她將門打開一個小縫隙，不耐煩地問。

「我找趙亮。」我透過縫隙打量了房內的佈置一番。很老舊的家具，明明是白天，可窗簾居然將窗戶遮得嚴嚴實實。也沒有開燈，屋中明顯光線不足。不知為何，我感覺房裡有股令人窒息的氣息在流淌著。

「他不在。」中年女人「啪」的一聲想將門重新關牢。

「聽說你的兒子快要死了。」我毫不客氣地用鞋子抵住門，慢悠悠地說。

中年女人瞪了我一眼，尖聲道：「你聽誰說的？你才要死了，你們全家都要死了。」

「是嗎，我以為自己能救他。看來他不太需要。」我聳了聳肩膀，示意張雯怡跟我離開。

門重重地關上，發出刺耳的響聲。沒等我們走到樓梯口，房門突然又打開了，中年女人站出來叫道：「回來。我兒子要見你！」

張雯怡看了我一眼，見我點頭後，這才不緊不慢地跟在後邊，進入房裡。這是兩房一廳的老房子，腐朽的陳舊感充斥視線所及的任何地方。

「他在裡邊。」雖然沒有開燈，可依然能察覺中年女人的臉色憔悴。她猶豫著囑咐了一句，「別被嚇到了。」

趙亮的房間在客廳的右邊，推開門只有一片漆黑，什麼都看不到。我摸索著掏出手機，打開手電筒功能。明亮的光線立刻將四周點亮，頓時有個尖銳而沙啞的聲音急促地響起，「關掉，快關掉！」

我並沒有關掉光源，卻示意張雯怡將門關上，然後好整以暇地坐在了床邊的凳子上。屋裡很亂，衛生紙扔得滿地都是，空氣中彌漫著刺鼻的臭味。

「趙亮？」我看著床上的東西，不確定地問。

「關掉燈，快關掉！」男性聲音從床上的東西裡傳遞出來，語氣急促歇斯底里，最後甚至帶著哭腔，「別看我！」

張雯怡被眼前的景象驚呆了，只見碩大的雙人床上只有一個黑乎乎的毛團，直徑大概一公尺半。通體渾圓，密不透風，有人在毛球上剪出了上下兩個孔，一個用來呼吸，一個用來排泄。

「這，這是什麼東西？真的是人類？」張雯怡緊靠向我，幾乎想要將自己柔嫩的身軀擠入我的身體裡。她真的怕了。不怕死，而是怕自己最終會變成眼前的玩意兒。

「很明顯，他全身的毛髮都在不斷生長，最後糾結在一起，纏住了他的四肢。令他沒辦法活動，變成了球狀。」我用手托著下巴，仔細觀察著他：「有意思，究竟每天大腦要分泌多少激素，才能讓毛髮生長的速度趕上修剪的速度？」

趙亮的母親明顯每天都用剪刀將他身上的毛髮剪掉，可惜作用不大。

「趙先生。我在春城的論壇上看到你的發文，昨晚也寄了郵件給你。張芸，你認識吧？」我指了指張雯怡，「這位是她的妹妹，張雯怡。她和她的朋友也遇到了和你同樣的怪事，不過你比較幸運。」

「我已經這樣了，都還叫幸運？」趙亮嘶吼著，他的眼睛被黑色髮絲蒙住，只能勉強分辨光線，卻看不到近在眼前的事物。

「至少你還活著，而張芸的兩個朋友已經慘死了。我身旁的雯怡，估計也只剩下一天多的命。」我看著床上的毛球，緩緩道：「所以我想弄清楚，你跟張芸究竟幹過什麼。為什麼你和她身旁會出現怪事？」

毛球裡的趙亮沒有吭聲。

我繼續道：「現在的事情已經就算用科學都難以解釋了。外邊的是你的母親吧？你和張芸身上都有股類似詛咒的東西，它能以某種未知的形勢傳染給接觸者。如果不解決的話，你母親恐怕也沒辦法倖免。」

趙亮依舊沒有說話，只是沉默，再沉默。

張雯怡開口了，「趙先生，我很可能看不到後天的太陽。雖然不清楚你為什麼沒死，可大概也快了。我死後，下一個說不定就會輪到你。你，想死嗎？」

「別說了！」趙亮吼了一聲，「就算我講出來，你們也不會相信。」

「還有什麼不能相信的？」我瞥了他一眼，「你變成了這樣，張芸的兩個朋友也死得離奇詭異。事情不會無緣無故地發生，總有理由的。只要找出問題出處，就有阻止的可能性。待在床上等死不是勇氣，是懦弱。」

趙亮長長地嘆了口氣，「你贏了。我可以告訴你們我知道的一切，可是要問我為什麼發生。至今，我都搞不清楚自己為什麼那麼倒楣。為什麼這麼可怕的事情會發生在自己身上！」

透過剛修剪不久的毛髮，我能依稀看到他的嘴。趙亮的嘴邊有一根吸管，他就用這根吸管喝著擺放在床頭櫃上的水。

「一切，都要從半個多月前，張芸在WG遊戲中失蹤開始說起。該死，早知道會變成這樣，我死都不會去找她！鬼才知道，在川谷寺附近，居然有那種地方……」

03

許多人的內心深處都隱藏著黑暗，只是能夠自我控制的人類利用大腦將核桃大小的原始腦中的原始衝動壓抑下來。不過人們依舊喜歡看恐怖片、愛閱讀恐怖小說。因為每個人都覺得那些在電視上或者書中的詭異以及可怕的事件離自己非常遙遠，遙遠得彷彿在另一個宇宙。

可是有些東西就像買彩券，中獎了就是中獎了，你無法否認自己的運氣。

那天的趙亮一直後悔沒有去川谷寺燒香，誰知道臨時抱佛腳有沒有用處呢？他發現張芸失蹤後，便將紅藍兩隊十三人分成六組。多出的一人跟著自己，往南邊找去。

三人剛開始還沒有危機感，有說有笑地開著沙灘車一路前行。斑駁的光影撒落一地，顯得很舒服。樹林中的負氧離子令大腦清醒敏捷，車開十分鐘，四周漸漸變得陌生起來。

「這地方我們沒來過！」綽號石頭的年輕人坐在沙灘車的尾巴上，環顧周圍的環境，「要不要做個記號，免得迷路了。」

「沒關係，我用 GPS 記錄了路徑，回去時沿著來的路走就行了。」另一個叫做廣宗的傢伙確認 GPS 沒問題後，回答。

趙亮也在打量四周，他發現右側的坡道上有許多高低不一的土包，很適合 WG 時的隱蔽戰。便道：「那地方有些意思，下次我們就在這裡打一場。」

石頭看清他指的位置，連忙縮了縮脖子，「兄弟，那些土包全部都是墳。你看墓碑，殘破不全的模樣，應該是民國時期就有了。」

廣宗看得頭皮發麻，這傢伙對靈異的東西比較忌諱，連忙道：「這地方讓我覺得不舒服，你看墓地十處有九處都出現被事後挖掘的痕跡，不管是遷過墳還是被盜過墓。總之不吉利得很！」

「如果遷墳的話應該不至於會保留墓碑，盜墓的可能性比較大。」石頭附和著。眼前數百個墳包密密麻麻地遍佈在山坡上的一大片空地，看得人心裡發悚。在這片墳包中央，有個顯眼的黑色物體掉在地上。

「你們看，是不是覺得有些眼熟？」趙亮急忙走過去，居然是一把黑色的仿 R8 電狗，子彈已經打光了，槍被隨意地扔在草地上，「這是張芸的槍，她來過這裡？」

「那女孩可能迷路迷得很厲害，完全找不到方向，驚惶失措下才亂跑。」廣宗低頭檢查地面上草壓出的痕跡，「草往東面伏倒了，她不久前應該朝東方走。」

「快點追上去，免得出事情。荒郊野外的一個女孩子非常危險。」趙亮撓了撓腦袋。墳包之間的路很窄，沒辦法將沙灘車開過去，於是三人拋車向前，又走了二十幾分鐘，眼前再次出現密林。

這片密林很怪異。

初秋，林中本來是非常潮濕悶熱。但在他們進去後，毫無徵兆地颳起了數次冷風，這種冷風不同於夏天的涼風颳在身上神清氣爽，而是有一點冰冷刺骨，讓人毛骨悚然。

風在樹木之間嗚咽著，彷彿無數的厲鬼在哀泣。三人有些害怕，紛紛打起了退堂鼓。

石頭建議道：「乾脆我們報警吧，讓員警進林子來搜索。這人生地不熟的地方想要找一個人太難了。」

廣宗立刻點頭，「沒錯，回去吧。」

「再找一找，說不定張芸就在前面。」趙亮猶豫片刻，最終決定再往前找一段路。他們大聲喊著失蹤女孩的名字，在寂靜的森林中蕩漾起無數重複的回音。

但卻始終沒有人回答。

「就算聾子都聽得到我們的聲音。該不會是找錯地方了吧？」廣宗不耐煩起來，「趙亮，你不回去，我就自己回去了。」

「行，現在就回去報警。」趙亮也有些怕，妥協了。三人轉過身子往回走，就在這時，一件單薄的黃色衝鋒衣出現在不遠處的樹梢上。

「是張芸的衣服！」趙亮眼睛一亮，帶人興奮地跑過去。跑了沒多久就感覺腳下一空，整個人掉入了隱蔽的洞穴裡。跟他一起掉下去的還有廣宗，兩人摔得暈頭轉向，好不容易才清醒過來。

「你們怎麼樣，沒受傷吧？」石頭在洞頂使勁兒喊。暗淡的光芒從洞口射入，只能隱約看清楚內部環境。趙亮的手臂觸碰到了一個軟綿綿的物體，他下意識地摸了摸，居然是個人。就著模糊的光，他終於看清了女孩的模樣，是張芸。不過女孩已經摔暈了過去。

「沒事，只不過右手臂可能有輕微骨折，問題不大。還有一個好消息！」趙亮從洞口喊著：「張芸找到了。」

廣宗也檢查了一下自己，「我也沒事，就是有些小擦傷。」

「那就好，你們在下邊自己小心點，我去找人救你們。」石頭說完後，在樹上做了標記便急忙離開了。

趙亮艱難地坐起來，揉了揉疼痛的位置，然後打量四周。這不像是個天然形成的坑，四壁方方正正，到處都有人工修整的痕跡，「這會不會是某個古墓，因為年代久遠，所以坍塌了？」

「有點像。」廣宗摸了摸地板，老舊的青石板殘破不堪，充斥著遠古歷史的味道，不過他不懂，自然也無法分辨究竟是哪朝哪代的建築，「張芸怎麼樣了？」

「她還好，就是撞到了頭，現在還在昏迷。」趙亮用力搖了搖女孩，又掏出水壺在她臉上倒了一些涼水，好不容易才將她弄醒。

「好痛。」張芸迷糊地睜開眼睛，環顧周圍後，迷惑不解，「我怎麼在這裡？」

「依我猜測，妳是迷路走到了這地方，然後不小心掉了下來。」趙亮苦笑：「然後我們來找妳，也掉了下來。」

「太抱歉了！」張芸連忙撐起身體道歉，搞清楚狀況後，鬱悶地抬頭望洞口：「出得去嗎？」

「石頭去求救了，我們安靜坐在這裡等一下吧。」廣宗坐著冰冷的石板，怎麼樣都感覺不舒服，洞中陰冷無比，壓抑得令人發瘋。

趙亮也不顧就地坐下，他一邊小範圍走動取暖，一邊掏出手機。微弱的光線將本就不明亮的洞照亮了許多，這個正方形的應該是個石室，大約有二十幾平方公尺。洞口至少有五公尺高，呈垂直狀，想要爬出去根本不可能。三人掉下來只受了輕傷，真的非常幸運。

「你們快看，這邊有一道木門。」張芸突然驚叫道。

「有什麼好大驚小怪……」廣宗轉頭望去，但視線接觸到木門的時候，話頓時戛然而止。石室右側隱蔽處確實有一道腐朽不堪的門，那道門的木材不知道用什麼樹做的，通體漆黑。

趙亮走上前用手指敲了敲，「很硬，跟鐵似的。太奇怪了，摸上去比冰還冷。」

「要不要打開看看，說不定有值錢的陪葬品。」張芸眼睛賊亮，「小說裡邊常說這類地方有奇遇，大難不死必有後福嘛。萬一發財了，我出去就買三間房子。一間自己住，一間給父母，剩下一間丟著發黴。嘻嘻。」

「別傻了，說不定我們摔下來的地方就是盜墓賊挖的洞。」廣宗不屑地撇撇嘴。

「試一試又不會懷孕。」張芸哼了一聲，自己去推那扇門。看起來又硬又冷的木門居然一推就敞開了。在厚重的「吱呀」聲中，門後的空間緩緩展露出來。

黑暗，無邊的黑暗。就連手機的光芒直射進去，也無法給漆黑的顏色帶來哪怕一絲一毫的亮度。三人好奇地同時往內張望，卻什麼都看不到。彷彿門內就是一個通往異界的黑洞。

張芸側著頭想了想，壯著膽子在地上撿起一塊小石頭扔進去。石頭打在地面上，發出一聲聲扎實的悶響。

「除了不知為何看不到裡邊外，似乎沒有異常。」女孩眨了眨眼，遲疑著問：「進去看看？」

「我先試試。」人類的好奇心以及逐利心態終究還是占了上風，趙亮試探著將一隻腿伸進門內，並無大礙。他大膽了很多，探頭探腦小心翼翼地又將頭伸了過去。頓時，眼睛從黑暗中來到了光明處，猶如柳暗花明一般，只不過門內外的距離，居然給他一種恍如隔世的錯覺。

趙亮腦袋有些發矇，難以置信地望著眼前的事物。門後依舊是個正方形房間，約三十幾平方公尺，不大，可卻令他覺得很寬敞。這個石室的正中央有個一公尺多的石台，上邊放著黑乎乎的物體。

其他地方便空無一物。

趙亮不由走了進去，外邊兩人的眼裡頓時失去了他的蹤跡。正焦急時，只聽他在裡邊喊道：「都進來吧，沒有危險。」

兩人猶豫了一下，終究還是聽他的話也進去了。

張芸晃了晃腦袋，驚訝道：「怎麼就跨了一步而已，可我竟然有種經歷了幾輩子的感覺。太神奇了！」

廣宗苦笑，「趕緊出去，我有不好的預感。」

「來都來了，怎麼說都要觀賞一下。怪了，周圍的光線是從哪來的？」張芸視線順著石室繞了一圈，無論如何都找不到屋裡的光線來源。想不通也就沒有再多想，激動道：「快找找看有沒有值錢的玩意！」

「整個石室裡就只有這個凸出的石台，沒別的了。」趙亮搖頭：「你們說，這東西像不像是祭台？」

「有點像。」廣宗看了石台幾眼，立刻驚懼地收回視線，「出去吧，怪嚇人的。」

「你是不是男人，嘮嘮叨叨，小心找不到女友喔。」張芸走到石台前，打量片刻後大失所望：「好噁心，上邊就只有一小撮不知什麼動物的毛髮，黑乎乎的。」

「是頭髮。」趙亮探頭，用兩根手指捻起那撮烏黑油亮的髮絲搓了搓，「髮質很好，應該是女人的頭髮。奇怪，看這地方年代很久遠了，這頭髮也不知道放了多久，居然沒有一絲乾枯，彷彿才剛剪下來似的！」

突然，他的手指抽搐了一下。有根髮絲順著指甲縫鑽了進去，不痛，但卻如同線蟲似的一搖一擺的，鑽得飛快。趙亮嚇得心臟都快停滯了，他使勁兒地扯著髮絲的尾端，好不容易才將其扯出來。

「算了，出去吧。我也覺得這裡怪可怕的！」他不敢再去撿祭台上的毛髮，恭敬地放回去，雙手合十連說幾聲抱歉，然後拍了拍廣宗和張芸的肩膀說。

就在這時，被拍的兩人突然往後跳了一步，滿臉疑惑。

「怎麼了？」他奇怪道。

「說不出來，剛才似乎有什麼東西刺了我一下。」張芸看著他的臉，不悅道：「你手上不會藏著一根針吧？」

「怎麼可能！」趙亮攤開手掌看了看，手心裡什麼也沒有。

廣宗也迷惑道：「剛剛我也覺得被刺了。」

「不管了，先離開再說。」趙亮迷惑不解。三人隨之離開了石室。等了一個多小時，石頭這才叫來救援隊將他們救出。

本以為這次意外會輕描淡寫地結束，什麼痕跡也不會留下。可書中電影裡的奇遇，或許真的存在。只是以另一種催命的形式，向他們咧開了利齒……

尾聲

「後來的事情，你們應該知道了。廣宗回家後的第二天就死了，我變成了這副不死不活的模樣。看來張芸也沒能倖免。災厄又從她身上往別的地方傳遞。」毛球中趙亮的聲音很痛苦，他悔不當初。

「事情清楚多了。看來是祭台上的那團毛髮搞的鬼。」張雯怡托著下巴，用潭水般清澈的目光望向我，「需要去那個石室一趟嗎？」

「當然。」我點頭，見再也壓榨不出資訊，於是爽快地離開了。根據趙亮的講述，祭台在川谷寺向南，然後向東穿過大片墳包的一片密林中。入口處有石頭留下的記號，不難找。

事實正是如此，我和張雯怡整理了裝備，很輕易便來到了趙亮提及的地點。眼前的森林陰森恐怖，溫度低迷得比全球經濟還糟糕。我在洞口附近找來找去，想要尋找一些能分辨朝代的線索，最終也只在遠處的亂草叢中發現一個破舊的石碑。

石碑已經殘破不堪，躺在草地裡，上邊的字跡模糊看不清楚。至於樣式，有些類似宋朝晚期華表的某個部分。碑上的雲紋很古怪，我從沒見過。既然找不到多餘的線索，只好嘆口氣，看了張雯怡一眼：「下去吧，能不能救妳，就看下邊究竟有什麼了。」

張雯怡乖順地點頭，她在我身旁總是會流露出安心的笑，就算臨近死亡的威脅，也笑得很開心。她那毫無裝飾的信任令自己壓力很大。

我在洞口固定好繩索，用攀岩工具先一步滑入洞內。一分鐘後，女孩也下來了。我們警戒地打量四周。和趙亮描述的一模一樣，果然是個正方形的石室。四面牆壁都用大小相同的青石板堆砌，沒有任何彰顯年代的物品。

黑漆漆的木門並沒有合攏，我走進去，看到了祭台，也看到了祭台上的那一小撮頭髮，不由得愣了。只見趙亮口中本應該烏黑亮麗，柔順無比的髮絲已經枯黃了，像一堆風化了無數年的黏糊糊塑膠製品。

這是怎麼回事？

張雯怡捂著嘴，皺眉道：「這就是讓星星和張芸姐死掉的罪魁禍首？」

我不知該點頭還是搖頭，自己真的沒法確定：「說起來，剛剛在車上我又找人查過當地縣誌。據說川谷寺的前身應該是個叫祭髮觀的道教廟宇。不過宋朝晚期因為不明原因，全道觀所有人在一夜間死於非命。說不定就和這頭髮有關呢。畢竟這『祭髮觀』，怎麼讀怎麼想，都和人腦袋上的幾萬煩惱絲有關聯。」

「那我們現在幹麼？」女孩問。

「當然是燒掉它。」我一邊說一邊毫不猶豫地掏出隨身帶來的煤油，遠遠地灑在頭髮上，然後將火柴點燃，扔了過去。

橘紅色的火焰頓時將祭台上的髮絲燒得一乾二淨。灰暗的頭髮無聲地變為灰塵，我和張雯怡同時如釋重負地鬆了口氣。

應該結束了吧，超自然能量的來源都已經毀掉了，詛咒應該自然迎刃而解。

我們出了洞，回到了燈火輝煌的城市。張雯怡依然有些事情想不通，「阿夜，為什麼我們被怪頭髮感染後，都會不斷作被人拽著頭在某個舊校舍走廊上拖行的怪夢？你說祭壇是宋朝晚期的東西。可宋朝有校舍這種東西嗎？」

「妳現在還能清楚地回憶起夢裡的景象的話，再仔細想想，妳能確定自己真的是在舊校舍裡？」我反問：「夢中的舊校舍，真的能找到可以代表校舍的東西嗎？」

一絲疑惑滑過張雯怡的臉，「啊，說起來我還真沒有注意過。只是夢裡有個聲音不斷告訴我這是校舍，然後我就下意識地覺得自己在某個學校裡。」

「這就對了，以我的經驗，超自然的力量都是以某種人類意識能夠理解的場景來再現。妳夢裡的校舍恐怕和星星、李梅以及張芸的都不同。就如同讀一本書，文字描述的東西在妳腦子裡具象化後，基本就是妳獨有的。同樣的那段文字，另一個人看到，又會想像出另一個模樣。」我緩緩解釋：「所以，說不定祭台上的頭髮想要傳遞某種訊息給你們，但是那些訊息你們無法解讀，它只好借用你們大腦的意識以及記憶中樞。這也是大部分恐怖事件中，人類為什麼會被嚇得半死的原因。畢竟人最害怕的事物，只有自己才知道。」

午夜，無事一身輕的我們走在街頭，走得很慢。

突然，張雯怡停住了腳步，「阿夜，你要走了嗎？」

「嗯。」我點頭，「事情解決了，我也該離開了。」

「那我，還有沒有機會見到你？」女孩拽住我的手。

「或許會有吧。」我最討厭離別，因為很煩人，也很悲切，「妳身上發生的怪事，前因後果我至今都沒有頭緒。但是和另一個事件，倒是有些關聯。最近我在青城山脈深處找到一尊被當地人稱為『血菩薩』的石雕。雖然發現它的地方，是秦朝時期修建的。可怪異的是，放置小撮頭髮的宋朝祭台卻和放血菩薩的登天台，不管是材質，還是外形，居然一模一樣。這兩者之間可能有些微妙的關聯，我必須儘快回去調查。」

「這樣啊。」張雯怡幽幽地嘆口氣，望著天，勉強笑了笑，「我就知道自己留不下你。」

她揮揮手，背過身，「走吧，快走，不要讓我看你離開的樣子。我會哭的。」

張雯怡的聲音在顫抖，「哭泣的女人，很醜！」

我猶豫片刻，終究還是依她所言，咬牙，不聲不響地離開了。女孩背著我哭泣，淚水流過臉頰，滑到了白皙的脖子上。她努力仰著腦袋，看著天空的無邊夜色。

濃濃的夜色遮蓋不住城市的繁榮。霓虹燈以每秒五十下不停閃爍著，就如同整個城市都在呼吸。沒有人看到，在燈光映照的女孩腳下，在她背後的影中，有兩個人的身影。

女孩窈窕的身影背上，坐著一個乾枯細小猶如幼兒的影子。那個趴伏在她背上的影子正抓著她一根烏黑的秀髮，不停地吸吮著……

The End

夜不語作品 18

夜不語詭秘檔案 106：風水（上）

國家圖書館出版品預行編目資料

夜不語詭秘檔案106：風水（上） ／夜不語 著.
一 初版. 一 臺北市：春天出版國際， 2017.07
面； 公分. 一（夜不語作品；18）
ISBN 978-986-94950-8-0（平裝）
857.7 106010316

ISBN 978-986-94950-8-0
Printed in Taiwan

作者	夜不語
封面繪圖	Kanariya
總編輯	莊宜勳
主編	鍾靈
美術設計	三石設計
出版者	春天出版國際文化有限公司
地址	台北市信義區信義路四段458號3樓
電話	02-7718-0898
傳真	02-7718-2388
E-mail	story@bookspring.com.tw
網址	http://www.bookspring.com.tw
部落格	http://blog.pixnet.net/bookspring
郵政帳號	19705538
戶名	春天出版國際文化有限公司
法律顧問	蕭顯忠律師事務所
出版日期	二〇一七年七月初版
定價	170元
總經銷	楨德圖書事業有限公司
地址	新北市新店區寶興路45巷6弄6號5樓
電話	02-8919-3186
傳真	02-8914-5524

夜不語
詭秘檔案

夜不語
詭秘檔案

夜不語
詭秘檔案

夜不語
詭秘檔案